ちくま評伝シリーズ〈ポルトレ〉

児童文学の発展に貢献した文学者

石井桃子

翻訳家・児童文学者［日本］

筑摩書房

イラストレーション　寺田克也
ブックデザイン　名久井直子
構成・文　桜井裕子

目次

はじめに…………7

第一章　プーさんとの出会い…………11
クリスマス・イブの出会い／英語力を生かしたアルバイト／翻訳家への第一歩／子どものための文学って？／児童文学を知る旅へ／

第二章　あたたかな世界…………27
四季折々の庭／宿場町の金物屋／一家の中心にいた祖父／父と母／恥ずかしがり屋の末っ子／昔ばなしを聞く楽しさ／美しいものってあるんだよ／本の世界へ／姉たちの結婚／大学に行きたい

第三章　編集者になる…………53
女子大での青春／〝大御所〟のもとでアルバイト／文藝春秋社の正社員になる／仕事と私生活／大親友　小里文子／子どもの本の世界へ／波乱の日々／「子どもの図書室」を夢見

て／ドリトル先生、誕生

第四章　戦争の日々……79
迫る戦争の影／初めての小説『ノンちゃん雲に乗る』／明日の命も知れない中で／軍需工場の女学生たち／農村へ／終わりからの始まり

第五章　牛飼いと本づくりと……97
農村での生活／収穫の喜び／東京からの誘い／牧場主になる／二重生活／「ノンちゃん」ベストセラーに／

第六章　アメリカへ……117
アメリカへの誘い／四十七歳の留学生／ペンフレンドに会う／児童図書館の開拓者たち／やるべきことが見えてきた／

第七章　子どもの図書館をつくりたい……133

子どもの本の勉強会／農村での読み聞かせ／かつら文庫／真実で、だいたんな／「ナインチェ」だから「うさこちゃん」／日本の児童文学を率いて

第八章　もっと、その先へ……153
九十五歳になったら／幼い日々と「本当の生活」／書いておかなければ／クラシック音楽を奏でるように／百一歳の大往生

巻末エッセイ「石井桃子さんの言葉」**中島《なかじま》京子《きょうこ》**……171

年表……180
読書案内……184
設問……188

はじめに

クマのプーさん、うさこちゃん、ピーターラビット……。アニメやキャラクターグッズでも大人気の彼《かれ》らのことを、知らない人はいないでしょう。彼らはいずれも、もとは海外の絵本や児童文学に描《えが》かれたキャラクターです。プーさんとピーターラビットは二〇世紀初めのイギリスで、うさこちゃんは二〇世紀半ばのオランダで誕生しました。

彼らの活躍《かつやく》するお話を翻訳《ほんやく》し、日本の子どもたちに紹介《しょうかい》したのが、翻訳家で児童文学作家の石井桃子《いしいももこ》です。

石井桃子は一九〇七年（明治四〇年）に、埼玉《さいたま》県北足立《きたあだち》郡、現在のさいたま市浦和《うらわ》区に生まれました。

明治四〇年ということは、江戸《えど》時代が終わってから、まだ、わずか四十年しかたっていないということです。西洋の文化や風物、習慣に触《ふ》れる機会はあっても、一般《いっぱん》の人びとの生活や心のありようは、まだ江戸時代と完全には切り離《はな》されていませんでした。たとえば、女性の服装にしても、ほとんどの人が着物を着ていました（日本で女性の洋装が一般的になるのは、昭和に入ってからのことです）。

そして当然のように、女性は年頃《としごろ》になったら結婚《けっこん》して、家庭に入るものだと考えられていました。別の言い方をすれば、女性には、家庭で夫や子どものために生きることが求められていた、ということです。

そのような時代に、桃子は、一人の人間として自立して生きていきたい、と考えました。身体《からだ》は丈夫《じょうぶ》ではなく、むしろ虚弱《きょじゃく》体質といってもよいぐらいでしたが、夫や家庭に守られるのではなく、自分の足で立ち、自分の人生を自由に追求していくことを選んだのです。女性が大学に進学することなどないに等しかった当時、桃子は女子大学校に行って英文学を学び、卒業後は出版社で編集の仕事に就《つ》きました。

このように書くと、積極的で華《はな》やかな、特別に行動力のあった女性だと思われるかもしれません。しかし桃子は、派手さやはったりとは無縁《むえん》の、真面目《まじめ》で誠実で慎重《しんちょう》な、本人の言葉をかりれば、要領がよくなく、何をするにも時間のかかる人だったようです。

しかし、その真面目さ、誠実さが、まわりの人びとから信頼《しんらい》され、多くの〝運命的な〟出会いを導くことになりました。その最も大きなものの一つが、『プー横丁にたった家』の原書との出会いだったでしょう。これを知り合いの子どもたちや、友人のために翻訳して聞かせたことが、桃子の翻訳家としてのキャリアのスタートとなりました。

桃子は、人や本との出会いに導かれて、文藝《ぶんげい》春秋社を皮切りに、新潮社、岩波書店と、日本を代表する出版社で仕事をし、優《すぐ》れた子どもの本を次々と世に送り出していきました。桃子がつくった本はあとから紹介していきますが、今も読み継《つ》がれている本の多さに驚《おどろ》く人もいると思います。

仕事は、編集者から、翻訳家、児童文学作家へと広がり、戦後の一時期には、東北地方の山村で農業を営んでいたこともありました。再び東京に戻《もど》ってからは、二〇〇八年に百一歳《さい》で亡《な》くなるまで、精力的に本の世界で働き続けました。

長い人生の間、休むことなく海外のおもしろいお話を見つけては翻訳して紹介し、自分でも創作し続けた、そのエネルギーはいったいどこから来ていたのでしょうか。

九十四歳のときに、桃子は次のような言葉を残しています。

子どもたちよ　子ども時代をしっかりとたのしんでください。
おとなになってから　老人になってから
あなたを支えてくれるのは　子ども時代の「あなた」です。

子どものうちに、生きる力を育んでほしい。この一文には、そのような桃子の想いが、凝縮《ぎょうしゅく》されてこめられています。

生きる力のベースになる感受性や想像力、好奇心《こうきしん》や自己肯定感《こうてい》などを、子ども時代に培《つちか》ってほしい。そのためにも、子どものうちに優れた文学、おもしろいお話に触れてほしい。そう強く願ったからこそ、それを実現する努力をいとわなかったのでしょう。

こうして考えると、桃子の仕事は、自分の人生を自分で納得《なっとく》して生きてほしいという、すべての人に向けたメッセージであったようにも思われてきます。

第一章　プーさんとの出会い

クリスマス・イブの出会い

それは、一九三三（昭和八）年のクリスマス・イブのことでした。

雪の降る寒い夜、石井桃子《いしいももこ》は、東京・信濃《しなの》町にある犬養家《いぬかいけ》を訪ねました。犬養家とは仕事をきっかけに親しくなり、数年来、子ども二人を含《ふく》めた交友が続いていました。

この日はクリスマス・パーティに招かれたのでしょう。ライト式の個性的な家のホールには小さなクリスマス・ツリーが飾《かざ》られ、その下には、英語の本が子どもたちへのプレゼントとして置かれていました。

「公《きん》ちゃんがくれたの」と、小学校四年生の道子ちゃんが見せてくれた、その朱色《しゆいろ》の表紙の本こそ、A・A・ミルンの"The House at Pooh Corner"でした。そう、今では石井桃子の翻訳《ほんやく》で『プー横丁にたった家』として知られている、あの本です。

その後の桃子の人生の方向を決定づけることになる、「クマのプーさん」との運命的な出会いは、このように、唐突《とうとつ》に訪れました。

「読んで！　読んで！」

道子ちゃんと、まだ小学校に入学する前の康彦《やすひこ》君に促《うなが》されるまま、桃子はストーブのそばに腰《こし》かけ、ページを開きました。

「ある日、プーは――」

そのとたん、桃子は、これまで味わったことのない、特別な感覚に包まれました。挿絵《さしえ》の登場人物たちと一緒《いっしょ》に、暖かいもやをかきわけ、柔《やわ》らかいカーテンを押《お》し開いて不思議な世界に入っていく――そんな感覚を味わったのです。

桃子にとって、これがプーやコブタ、クリストファー・ロビンとの初対面です。プーがどういう存在で、クリストファー・ロビンが何者であるかなど、何も知らないまま、心と身体《からだ》、すべての感覚を使って、すうっと物語の世界に入りこんでいきました。


「ある日、クマのプーは、なにもすることがなかったので、なにかしようと思いました。そこで、コブタは、どんなことをしてるか、見てこようと思って、コブタの家へ出かけました」（『プー横丁にたった家』）

英文を日本語に移し換《か》えていく桃子の横で、お話を聞いている子どもたちはきゃあきゃあ大騒《おおさわ》ぎ。桃子の心の中も、子どもたちと同じようなものだったでしょう。桃子はその夜、残りの話を読むために本を借りて帰り、夢中で読み終えました。本の中には、桃子が初めて知る新しい世界が充満《じゅうまん》していました。

このようにして桃子は、ぬいぐるみのクマやコブタやロバたちが森で遊びまわる物語に出会いました。もう少し広くとらえると、このときに海外の児童文学のおもしろさに目覚めた、ということもできるかもしれません。

桃子はこのとき二十六歳《さい》、もう十分に大人《おとな》です。しかし、やわらかで繊細《せんさい》な感受性をもつ大人にとって、子どもの本の世界に身を委ねることは、そう難しいことではありません。それどころか、現実的で身もふたもない大人の世界より、身近で親しみやすい、心地よいものだったでしょう。ここで、プーさんの世界に夢中にならなければ、桃子がこの後、翻訳家として歩み始めることはなかったかもしれません。

このような〝運命の出会い〟の場となった犬養家について、少し説明しておきましょう。そもそも、「昭和の初めにクリスマス・パーティ？」「八十年前に、子どもに英語の本のプレゼント？」と、少し不思議に思いませんでしたか。

たしかに、大正時代には「大正デモクラシー」の広がりとともに、最先端《さいせんたん》の洋服に身を包んだファッショナブルな若者たちが登場するなど、西洋の文化が身近になりつつあった時代です。とはいえ、西洋文化を実際の生活に当たり前のように取り入れていたのは、都会に住む、一部の特別な人びとだけでした。

そう、犬養家は、いわゆる一般《いっぱん》の家ではありません。ここは内閣総理大臣まで務めた大物政治家、犬養毅《つよし》の家なのです。桃子は犬養毅の書庫整理の仕事をきっかけに、毅の三男、健《たける》の奥《おく》さんである仲子《なかこ》夫人や、その子どもたちと親しくなりました。

そして、プーさんを犬養家の子どもたちにプレゼントした「公ちゃん」とは、明治の元勲《げんくん》（明治維新《いしん》の功労者の一人）、西園寺公望《さいおんじきんもち》の孫の西園寺公一《きんかず》です。このとき、西園寺公一はまだ二十七歳。三年前にイギリスのオックスフォード大学を卒業して帰国し、外務省の嘱託《しょくたく》として働いていました。プーさんの本は、公一がイギリスに留学していたときに知り合いからもらったものでした。

多くの一般の家庭と比べ、犬養家では西洋の文化は身近で親しいものでした。

英語力を生かしたアルバイト

そのような大物政治家の自宅の仕事を頼《たの》まれるなんて、石井桃子っていったい何者？　やはり特別な家に生まれた人？　そんなふうに思う人もいるかもしれません。生い立ちは第二章で詳《くわ》しく述べますが、桃子は東京郊外《こうがい》の浦和《うらわ》（現埼玉《さいたま》県さいたま市）で金物店を営む普通《ふつう》の家の、八人きょうだいの末っ子として生まれました。何か特別なことがあるとしたら、それは、桃子が大学を出ていたということでしょう。桃子が大学に入学した一九二四（大正一三）年当時は、女子に高等教育を授ける学校は数えるほどしかなく、大学に進学する女性は、ごくごくわずかなものでした。大学進学率は、男女合わせて五パーセントにも達していませんでした。

大学で英文学を専攻《せんこう》した桃子は、小説家で、文藝《ぶんげい》春秋社を創設した出版界の重鎮《じゅうちん》でもある菊池寛《きくちかん》のもとで、外国の雑誌や小説を読んであらすじをまとめるという、語学

若き日の桃子

力を生かしたアルバイトに取り組みます。このアルバイトが、桃子の出版界での仕事の第一歩となりました。卒業後も引き続き、菊池寛から割り振《ふ》られる仕事を手伝いました。紹介《しょうかい》される仕事は、葉書の整理や原稿《げんこう》の清書などが多かったようで、犬養毅の書庫整理という仕事も、そのような菊池寛の幅広《はばひろ》い人脈からやってきたものです。
もちろん、総理大臣の家の仕事を手伝うスタッフは、慎重《しんちょう》に人選されるはずです。その大事な仕事の担当として、菊池は桃子を指名しました。それまでの桃子の働きぶり――仕事の正確さや手を抜《ぬ》かない真面目《まじめ》な性格――が評価されたのでしょう。桃子は犬養家に出入りするようになり、数年後、プーとの出会いが訪れた、というわけです。

翻訳家への第一歩

さて、クリスマス・イブに初めてプーに出会った三人——桃子と犬養家の二人の子ども——は、会えばプーの話をし、手紙のやりとりにも、舌足らずな言い回しが独特の〝プー語〟を使うほど、プーの世界に夢中になり、物語に入りこんでいきました。

また、文藝春秋社で知り合い、深い友情を抱《いだ》きあった二歳年上の友人、小里文子《おりふみこ》も、桃子の語るプーの物語に魅了《みりよう》されました。

「あなた、このお話を訳したものを、今度は紙に書いてきてくれない？」

結核《けつかく》に冒《おか》された文子は、仕事を辞《や》めて自宅で療養《りようよう》生活を送っていました。結核は当時は〝不治の病〟であり、文子自身も自分が長く生きられないと悟《さと》っていて、

「もうじき死んだら、幼いうちに死んだかわいそうな子どもたちを相手に、幼稚園《ようちえん》を開こうと思うの。そのとき、プーの話をしてやりたいけれど、ちゃんと日本語になっ

ていないと、上手に話してやれないじゃない」

と、桃子に話したそうです。

文子に促されてプーの訳文を紙に書き始めた桃子は、ここで、翻訳家としての記念すべき第一歩を踏《ふ》み出したということができるでしょう。個人的な頼《たの》みごとのようなふりをして「紙に書いて」と言った文子ですが、彼女も元は編集者です。翻訳家としての桃子の才能に気づいたのかもしれません。

プーの物語は、一九四〇（昭和一五）年、岩波書店から『熊《くま》のプーさん』として刊行されました。これが桃子の初の翻訳本であり、現在もかたちを変えて読み継《つ》がれています。

左、中 熊のプーさん原書、右『熊のプーさん』

子どものための文学って？

実は桃子は、翻訳家としてデビューするより前の一九三四（昭和九）年から、編集者として子どもの本にかかわっています。小説家、山本有三の誘《さそ》いで、新潮社の『日本少国民文庫』というシリーズ本の編集に参加したのです。

ここで桃子は『世界名作選』の二冊を担当し、児童書の編集者としてのスタートを切りました。ヘンリ・ヴァン・ダイクの「一握《にぎ》りの土」と、サー・ウィルフレッド・グレンフィルの「わが橇犬《そりいぬ》ブリン」の二編については、自ら翻訳も手がけました。

この仕事を通して、桃子が考えるようになったことがあります。

「いったい、子どもの文学ってなんだろう。子どもが読んでおもしろいものって、どんな本なのだろう」

桃子自身、それまで児童文学に特別な興味を抱いていたわけではなく、また、当時の日本では、まだ児童文学というものについて、十分な検討がされていませんでした。大正時代には詩人や小説家が子どものための文学をこぞって執筆《しっぴつ》していましたが、桃子はそれについて、「書かれたものが子どもにとっておもしろいとは思わなかった」と、辛辣《しんらつ》な評価を下しています。だからといって、それならどうすればおもしろいものになるかということを、桃子はまだはっきりと説明することはできませんでした。

「日本少国民文庫」の編集がひと段落つき、編集部は解散。しばらくは、母のなをが脳溢血《のういっけつ》で倒《たお》れたり、親友、小里文子の病状が悪化して亡《な》くなったりと、桃子には辛《つら》く悲しい出来事が続きます。結婚話《けっこん》もちあがったようですが、結婚に至ることはありませんでした。

その一方で、桃子は子どもの本にかかわる仕事を自分の仕事と思い定めたのか、企《き》画《かく》を思いついては行動していきます。

自分の子ども時代に本を読みふけった楽しさは忘れないし、その楽しさを本を買えない子どもたちにも味わってほしい。そんな思いから、一九三八（昭和一三）年、犬養家の土蔵の空きスペースを借りて「白林少年館図書室《はくりん》」という子ども文庫（児童図書室）を開設。近所の子どもたちに貸し出しや読み聞かせなどを行いました。この試みは長くは続きませんでしたが、桃子は生涯《しょうがい》、本を読む楽しさを分かち合いたい、本を通してさまざまなことを学んでほしいという思いをもち続けました。

一九四〇（昭和一五）年になると、いよいよ戦時色が強まってきます。子ども文庫が立ち消えになった理由の一つにも、このような戦争の悪化がありました。

にもかかわらず、この年、桃子は女友だち二人と出版社を立ち上げています。名付けて、「白林少年館出版部」。桃子はここから、『たのしい川邊《かわべ》』（ケネス・グレーアム作、中野好夫《よしお》訳）と、翌年『ドリトル先生「アフリカ行き」』（ロフティング作、井伏鱒二《いぶせますじ》訳）の二冊の児童書を出版しました。

児童文学を知る旅へ

さて、あの暖かなストーブの前で出会ったクマの物語はどうなったかというと、出会いから九年経《た》った一九四二（昭和一七）年、岩波書店から『プー横丁にたった家』として刊行されました。

さらに一九五〇年、桃子は「岩波少年文庫」の編集責任者として、岩波書店に入社します。岩波書店で仕事をしたのは四年間ですが、この間、『宝島』『あしながおじさん』『ふたりのロッテ』などを送り出したほか、低年齢《ねんれい》の子どもに向けたシリーズ「岩波の子どもの本」の創刊にも携《たずさ》わり、『ちびくろ・さんぼ』『ちいさいおうち』『こねこのぴっち』などを刊行しています。

また、一九五一（昭和二六）年には、戦争中に桃子が書いた童話『ノンちゃん雲に乗る』がベストセラーになりました。時の人となった桃子ですが、この頃《ころ》の桃子の胸には、戦前に感じたあの疑問が再びわきおこり、拭《ぬぐ》いがたく広がっていました。

「いったい、子どもの文学ってなんだろう。子どもが読んでおもしろいものって、どんな本なのだろう」

桃子は実際に子どもに接する機会が少なく、つまり、本当に子どもが本を楽しんで読んでくれているのかわからないまま、子どもの本をつくり続けていることに対して、割り切れない思いを感じるようになっていたのです。

評論家の坂西志保から声がかかったのは、そんなときでした。

「ロックフェラー財団では今、今年は誰《だれ》に奨学金《しょうがくきん》を与《あた》えるか人選しているところです。欧米《おうべい》への留学に興味はありませんか？」

桃子はこの機会を逃《のが》さず、一九五四（昭和二九）年から一年間、児童文学の本場で子どもの本について学ぶ留学の旅に出ています。

このとき、桃子は四十七歳。長寿《ちょうじゅ》社会の現在でも、四十七歳の女性の多くが「自分はもう若くない、今から新しいことを始めるのは難しい」と思っている年齢でしょう。

まして、当時の日本の女性の平均寿命《じゅみょう》は六十七・八歳です。いかに桃子が年齢などに縛《しば》られず、自由で、好奇心《こうきしん》にあふれていたかがわかると思います。

留学中、桃子は児童文学者や編集者、図書館員などを訪ね、話を聞き、実際の読み聞かせの活動を見学したり、児童文学の集中講義を受けたりと、調査研究に明け暮れました。多くの〝同志〟と知り合った、貴重な旅となりました。

留学により桃子は大いに刺激《しげき》を受け、日本の子どもによい児童文学をとどけるために、自分がこれからなすべきことのヒントをたくさん持ち帰ります。人生の折り返し地点を迎《むか》えたこのときから、本格的に桃子の児童文学に関する活動は始まった。そういっても過言ではありません。

桃子は本当に子どもにおもしろがってもらえる本を探るため、本の読み聞かせを始めます。子どもの本に関する研究会も立ち上げ、それまでの日本の児童文学を読み、検証していきます。さらには自宅の一室を開放して児童図書室「かつら文庫」を開設。毎週、子どもたちに来てもらい、自由に本を読んでもらう場としたのです。

このような桃子の精力的な活動により、欧米に比べて貧弱だった、日本の子どもの本をめぐる環境《かんきょう》は大幅に改善され、充実していきます。家庭文庫や読み聞かせ運動が全国に広がり、家に本がない子どもや、本が買えない家庭の子どもたちにも本に親しめる場ができ、誰でも本のおもしろさ、楽しさに触《ふ》れることができるようになりました。

みなさんもよくご存じのキャラクターシリーズの翻訳が始まるのは、このあとのことです。年齢のことばかり書くのは気が引けるのですが、『ちいさなうさこちゃん』シリーズの翻訳をしたとき、桃子は五十七歳です。自分が子どもだったのがはるか昔のことだった桃子が、子どもの心をときめかせる翻訳ができたのはどうしてなのでしょうか。

留学して児童文学について勉強したから？　〝頭〟の部分では、それもあるでしょう。しかし、それ以上に大きいのは〝心〟と〝技〟の部分です。桃子は子ども時代に培《つちか》った純粋《じゅんすい》さをもち続け、美しく善なるものを信じ続けたと同時に、正確で美しい言葉、かつ、子どもに伝わりやすい言葉にするための努力を惜《お》しみませんでした。

このように石井桃子は、戦前・戦後を通して子どもの本の世界で働き、その世界を広げ、楽しく豊かなものへと大きく変えたのです。

第二章では、そのような桃子の土台をつくり、生涯、精神的に桃子を支えた子ども時代について、紹介していきましょう。

第二章　あたたかな世界

四季折々の庭

「わぁ、きれい……」

めずらしく大雪が降った翌朝は、朝からまぶしいほど晴れて、暖かいほどでした。庭一面に積もった雪は、日の光の照り返しを受けてキラキラ輝《かがや》き、光り輝くその美しい世界に、小さな桃子《ももこ》はしばらく見とれていました。

「ねえ、雪釣《ゆきつ》りしよう！」

二歳《さい》年上の姉、祐《ゆう》が木炭をもってやってきました。雪釣りというのは、雪が積もった日だけにできる特別な遊びです。一〇センチほどの長さに切った木炭の真ん中を細い紐《ひも》でしばり、釣《つ》り竿《ざお》を海に放り入れるように雪の中に投げ入れ、うまく引き上げると、炭にたくさん雪がくっついてくるのです。

「あー、残念！」

「今度こそ。見て、釣れた、釣れた！」

そんな素朴《そぼく》な遊びですが、桃子たちは我を忘れて雪と戯《たわむ》れました。

家に入ると、寒さのために鼻水を垂らしている孫を、祖父が待ち構えています。

「たまごや、ほら、チン！」

からだが弱く、色が透《す》けるほど白かった桃子のことを、祖父はふざけて「たまご」と呼んでいました。面倒見《めんどうみ》のよい祖父は、こんなとき、鼻紙を差し出して鼻をかませてくれたのでした。

この日は雪で覆《おお》われた広々とした庭は、春になると色とりどりの花で彩《いろど》られます。華《はな》やかに咲《さ》き誇《ほこ》る大木のサクラや、白く可憐《かれん》なスモモの花。ひときわ背の高い桐《きり》の木の天辺では、天に向かって塔《とう》のように咲く薄紫《うすむらさき》色の房《ふさ》が、甘《あま》い香《かお》りを漂《ただよ》わせました。

桐の花が落ちてくると、桃子は花を糸に通して、ネックレスのようにして遊びました。

桃子が特に好きだったのは、細かい枝々を包み込《こ》むように、びっしりと薄桃色の艶《つや》やかな花をつけるアンズです。アンズはやがて赤みをおびた黄色の実をつけます。

「こっちはもう、ぐちゅぐちゅになってる」

「これ、この実がちょうどいい！」

桃子たちは実が熟《う》れすぎないうちに、肉厚のみずみずしいアンズを食べるのが好きでした。

夏にはアサガオや赤や黄色のカンナが咲き、秋の初めには下草の竜《りゅう》のひげが、つやつやとした瑠璃《るり》色の実をつけました。桃子たちはこの実を、宝石のように大切に箱にしまいました。

さまざまな植物の植えられたこの庭で、桃子は季節の移り変わりを身近なものに感じ、美しいものに触《ふ》れながら、感受性を育んでいきました。

「私は、幼いころ、一年の四季の経めぐりを記憶《きおく》してこられてよかった。あの新しい季節が近づいてくるときの気温の変化を肌身《はだみ》に感じて、うずうずして新しい時に向かって生きて来られてよかったと思った。お父さんが月給を十二回もらったら、一年がすぎていたというのと、何というちがいだろう」

誰《だれ》よりも桃子自身が、そのような環境《かんきょう》で育つことのできた恩恵《おんけい》を感じていました。

宿場町の金物屋

石井《いしい》家があったのは、現在の埼玉《さいたま》県さいたま市。東京から電車で一時間もかからない近郊《きんこう》の町です。「さいたま市」というのは、二〇〇一（平成一三）年に大宮、浦和《うらわ》、与野《よの》の三市が合併《がっぺい》してできた名前で、桃子が生まれた当時は「浦和町」でした。そのころ、全国の県庁所在地のうち、市ではなく町だったのは浦和と山口だけ。浦和はまだ江戸《えど》時代の宿場町の風情《ふぜい》を残したのんびりとした田舎《いなか》町でした。

桃子は一九〇七（明治四〇）年三月一〇日、日露《にちろ》戦争が終わってまもなくのころ、浦和宿の北端《ほくたん》、旧中山道《なかせんどう》沿いにあった「釜屋《かまや》」という金物店に生まれました。金物店を営んでいたのは祖父母で、父の福太郎《ふくたろう》は銀行員だったため、母のなをが家事、育児に加えて店の手伝いもしていました。子どもは、幼いうちに亡《な》くなった二人を除くと、男の子が一人、女の子が五人。その末っ子が桃子です。ほかに知的障害をもつ父の従弟《いとこ》「まあちゃん」も同居しており、石井家は十一人もの大所帯でした。

「はじめに」でも書いた通り、桃子は、自分が子ども時代の自分に支えられていることを強く自覚していました。

子ども時代のことは、家族のあり方と切り離《はな》して考えることができません。テレビ番組のインタビューで、桃子は家庭というものについて「子どもが避難《ひなん》してくるあたたかいところ」と述べ、次のように続けています。

「私が育ったような時代の家庭というのは、子どもは外でことがあればうちに帰ってきて、親に話さないまでも、そこで休めるところだったんじゃないですかね」

石井家は子どもにとって、あたたかな休息の場として十分に機能していた。そう桃子が感じていたことがわかります。

幼い日々の記憶は、七十歳になってから書かれたエッセイ『幼ものがたり』に、鮮《あざ》やかに描《えが》かれています。桃子が『幼ものがたり』を書き始めたのは、兄や姉をすべて亡くしたあとのことでした。家族で最後の一人になったとき、小さい頃の記憶がスナップショットのように克明《こくめい》によみがえってきたのだそうです。

「両親を失ったとき、独り者の私は、自分が根なし草になって空《くう》にさまよいだすような気もちになったが、今度は、枝のあちこちについていた柿《かき》の実――私の生まれ

実家は大家族だった。抱っこされているのが桃子

た家には、柿の木がたくさんあった――が、たった一つ、ぶらんとぶらさがった感じがした」

家族がいなくなったときに感じたよるべのなさ、虚《うつ》ろな寂《さび》しさが、正直に吐露《とろ》されています。生涯《しょうがい》独身だった桃子にとって、生まれ育った家は、生きていく土台のようなものだったのでしょう。

一家の中心にいた祖父

桃子の父親、福太郎は、埼玉県師《し》範《はん》学校を卒業して数年間、小学校の教師を務めた後、友人と浦和商業銀行を起業して支配人となった人物です。仕事相手の接待などで、帰りが遅《おそ》くなることもしばしば。家族と夕食を共にしないことも多かったようです。

家にいる時間が短かった父は、幼い桃子には強い印象を残していません。むしろ、兄や姉が学校に行ってしまったあと、昼間の時間を一緒《いっしょ》に過ごした祖父の方が、桃子にとって大きな存在でした。

「祖父の脂《あぶら》のういたような太い首、そのにおい、厚い肩《かた》、表の道を通る知人をよびこむときの、ちょっとたんのからんだような大音声、そういうものは、体温をともなって、私に迫《せま》ってくる」

桃子が思い出す祖父の姿は、とてもリアルです。桃子は家庭の雰囲気《ふんいき》について、お金はそれほどなかったけれど、気持ちには余裕《よゆう》のある家だったと言っていますが、その理由に挙げているのが、やはりこのお祖父《じい》さんなのです。

新聞を毎日隅《すみ》から隅まで読んで時勢に通じ、「忠君愛国」を奨励《しょうれい》したことがなく、世の中にある差別を肯定《こうてい》するそぶりを見せず、知的障害のある「まあちゃん」を家族の一員として迎《むか》えた祖父。庭に子どもたちのために遊動円木やぶらんこをつくり、セミとりの道具を用意してくれ、通りにはまぐりの呼び売りが来ると、それを買って七輪で焼いて食べさせてくれた祖父は、石井家の大黒柱として家族の中心にどっかりと存在していました。

父と母

祖父の一人息子《むすこ》であった父、福太郎も、誰とでも平等に接し、人の悪口を言ったり人のことを妬《ねた》んだりということをしない人だったといいます。銀行員といっても、教師をやめて銀行を起業したぐらいですから、理性的で常識的で、なおかつチャレンジ精神もある、バランスのよい大人だったのでしょう。

そして、金物屋の嫁《よめ》、大家族の母として、朝早くから夜遅くまで働きづめだった、小柄《こがら》でやせた母。農家に生まれ、晴れがましいところのない女性だったそうです。舅《しゅうと》や姑《しゅうとめ》との同居でしんどい思いをすることもあったでしょうが、桃子は母が姑のことで愚痴《ぐち》を言っているところを見たことがありませんでした。また、人に子どもたちの自慢《じまん》をすることもなかったそうです。

なにしろ、石井家の〝家訓〟は「ひがんではいけない」というものでした。実際、父も母も、家柄《いえがら》や学歴などを他人の家と比べて、妬んだり高慢になったりすることはありませんでしたし、なにかしたときに頭ごなしに否定されることもなかったので、子どもたちは委縮せずに、両親の愛情に包まれて、のびのびと育つことができました。

桃子は後に出会った才気煥発《さいきかんぱつ》な女性、小里《おり》文子について「悪口が天才的にうまい人」と褒《ほ》めています。桃子は文子との付き合いを通じて〝毒舌〟のおもしろさに目覚めてしまいましたが、それまでは何でも物事を良い方に捉《とら》えようとするタイプだったといいます。そのような善良でおっとりした性質は、ひがみや妬み、愚痴や差別などのネガティブな感情を見せることのなかった家庭環境によって育まれたといえるでしょう。

恥《は》ずかしがり屋の末っ子

家を守る大人《おとな》たちに、気ままな兄、勝一《かついち》、十六歳違《ちが》いの姉、初《はつ》を筆頭に四人の姉（十歳違いの文《ふみ》、五歳違いの花、二歳違いの祐）に囲まれた、家族でいちばん小さく、身体《からだ》も弱かった桃子は、とてもおとなしい子どもでした。

「ちょっと、なにするのよ！　返すもんですか！」

「いやよ、これは私の！　返しなさいよ！」

兄弟姉妹が多ければ、ちょっとした諍《いさか》いは日常茶飯事です。兄や姉たちはこんなふうに裸足《はだし》で庭に飛び出し、追いつ追われつの大げんかをすることがありました。でも、桃子はいっさい関わらず、廊下《ろうか》に立って黙《だま》ってそれを見ている子どもでした。

「桃子！　あんたはいったい、どっちの味方なの！」

そんなふうに言われても、どちらか一方に加担するようなことはなく、もちろん、自分がけんかの当事者になることもありませんでした。

桃子自身は自分をいたって普通《ふつう》の子だと思っていましたが、十数歳年上の兄は、そんな桃子を「変わった子」と見ていました。おとなしいというよりも、少し浮世《うきよ》離《ばな》れしたところがあったのかもしれません。

大人になってからも、桃子は極度にけんかが嫌《きら》いでした。両方の心情があまりによく察せられてしまい、一方の肩を持つことができなかったのです。姉のけんかを傍観《ぼうかん》する、妙《みょう》にさめたふうに見える態度の内側にも、そのような複雑な感情が隠《かく》されていたのかもしれません。

桃子はとても恥ずかしがり屋で、嫌《いや》なことを嫌とはっきり言えない性格でもありました。

姉が裁縫《さいほう》が得意だったため、女学校時代から手づくりの洋服で登校していた桃子。田舎の地味な着物姿の生徒の中で、洋装はクラスで一人だけでした。しかも、フリルのついた赤い洋服などを着ていたためにひときわ目立ったのです。

「こんなの見たことない。触《さわ》らせて」

「見て、ピラピラしてる!」

珍《めず》しがって、触ったり引っ張ったりするだけならまだしも、こんなときは必ず冷やかすような子も出てきます。桃子はそんなとき、何も言い返せずに赤くなってうつむいてしまうばかりでした。

幸いなことに、桃子は親から「変わった子」「ダメな子」などと、決めつけられたことはありませんでした。小さな子どもにとって、親は絶対的な存在です。親にダメな子と見られていれば、内気であればあるほど、反発するより先にまず、気持ちを縮こまらせてしまうでしょう。子だくさんだった上に、店や畑仕事にも追われて忙《いそが》しかった母親には、細かいダメ出しをする時間も関心もなく、桃子は好きなだけ「自分自身」でいられたのです。

仲良しの姉、祐（左）と。1917年ごろ

昔ばなしを聞く楽しさ

桃子が物語や本の楽しさを知ったのも、まだ学校に上がるより前の、うんと幼いころのことでした。桃子は祖父の胡坐《あぐら》の中に身体をうずめて、名調子の「かちかち山」や「さるかに合戦」などの昔ばなしを聞くのが好きでした。

「ばばぁ食ったじじぃや、流しの下のほねぇ見ろ！」

昔ばなしの名手だった祖父が抑揚《よくよう》をつけて叫《さけ》ぶ、「かちかち山」の〝決め台詞《ぜりふ》〟。幼い桃子や二歳年上の姉、祐は、そんな語りに興奮し、手を叩《たた》き、唱和したものでした。

「ばばぁ食ったじじぃや、流しの下のほねぇ見ろ！　きゃあ、あははは！」

祖父の薫陶《くんとう》を受けた長姉、初や、次の姉、文もまた、昔ばなしを語る名人となり、「おししのくびはなぜ赤い」「おだんごころりん」などを、幼い妹たちに聞かせるようになりました。

「おだんごころりん、すってんとん！　前かけころりん、すってんとん！」

桃子と姉の祐は、姉の文にまとわりついては、お話に合わせて声を出し、笑い転げました。

また、文とお風呂《ふろ》に入ったり道を歩いたりするときには、「たにしどの、たにしどの」をくり返す、七五調の問答歌がお供となったそうです。

「たにしどの、たにしどの、愛宕《あたご》まいりはなさらぬか」

「いやでそろ、いやでそろ。去年の秋にこりました。どじょうどのにさそわれて、ひょろひょろ小川を渡る時、とびとからすとふくろめが、あっちらばったら、かっからして、たいこづく。そのきずが、ずきずきずきぃといたみます。何か薬はござらぬか」

幼い桃子が間違えて覚えたとみえ、意味の通じないところもありますが、このような声をともなう物語は、石井家の団らんの場には欠かせないものでした。その中で桃子は、耳や目、身体全体から、日本語と、そのリズムを身に沁《し》み込ませていきました。

そんなある日、いつものように姉の初の膝《ひざ》に座り、『舌切りすずめ』の絵本を読んでもらっていた五歳の桃子に、ある〝事件〟が起こります。

「むかしむかし、あるところに――」

『舌切りすずめ』のストーリーを、みなさんは覚えているでしょうか。ある日、お爺《じい》さんは怪我《けが》をしたすずめを見つけ、家に連れて帰って介抱《かいほう》します。すずめもお爺さんによくなつき、怪我が治っても家でかわいがっていました。しかし、お爺さんがあまりにすずめをかわいがるので、お婆《ばあ》さんはおもしろくありません。あるとき、すずめが洗濯《せんたく》に使う糊《のり》を食べてしまいました。お婆さんは怒《おこ》り、すずめの舌を鋏《はさみ》で切って追い出してしまいます。

この場面に差し掛《か》かったとき、桃子の胸は激しく波立ちました。

「思いを寄せ合っているお爺さんとすずめが別れなくてはいけないなんて、なんて悲しい話だろう！」

そして、我慢できずに号泣してしまったのです。

実はこの頃、初は結婚《けっこん》を控《ひか》えていました。桃子は、母親のように面倒をみてくれた大好きなお姉《ねえ》さんと、間もなく別れなくてはならなかったのです。絵本の中に、同じように、愛する者と別れる寂しさを見出したのでしょう。まだ字の読めなかった桃子が主人公に心情を重ねあわせ、感情を大きく揺《ゆ》さぶった、初めての体験でした。

大泣きする桃子を、家族はどのような気持ちで見守っていたのでしょうか。少なくとも、その様子を笑ったりからかったりする大人はいなかったでしょう。

美しいものってあるんだよ

母が忙しく働いていたため、桃子は年の離れた姉たちに子守をしてもらい、近所に一緒に遊びに行くこともありました。まだ宅地開発などが進んでいない大正時代の初めのことです、町中にもいたるところで野草が咲き乱れていました。春にはツクシやスミレ、ヨモギを摘《つ》み、秋にはススキを採りに行きました。

ことに濃紫《こむらさき》のスミレが好きだった桃子は、春の初めに枯《か》れ草の陰《かげ》に顔を見せ始めたスミレを探しながら歩き、花束をつくっては家に帰るのでした。近くの大きな農家の板塀《いたべい》の下に大きなスミレの群生を見つけ、その美しさに魅《み》せられて、こっそり引き抜《ぬ》いて帰ったこともあったようです。

また、ある夏の早朝には、野菜を採りに畑に出た母についていき、さわやかな空気を吸いこみます。そんな桃子の目の前にあったのは、木の枝にかかるクモの巣。細かい露《つゆ》が一面におり、クモの巣が揺れるたびに、露は光を浴び、七色に色を変えて輝きました。

（きれい……。こんなものが、この世の中にはあるんだ……）

「どうしたの、桃子」

「ううん、なんでもない」

晩年、桃子は、「自分がなぜ子どもの本を書き続けたいと思っているかというと、今のような殺伐《さつばつ》とした世の中でも、美しいものってあるんだよ、と言いたいからです」と語っています。桃子は自然に囲まれた生活を通して、幼いうちから、この世界にある美しいものの存在を知っていました。

この世には、美しいものがある。幼いころの体験に根差した、この信仰《しんこう》のような思いは、生涯、揺らぐことはありませんでした。

本の世界へ

美しいもの、あたたかい家族に囲まれて育った感受性の鋭《するど》い子どもだった桃子は、小学校に入り、字が読めるようになるや否《いな》や、本の世界に没頭《ぼっとう》するようになりました。

きっかけは、小学校二年生か三年生のときにできた学級文庫です。これは大正時代の初めとしては、珍しいことでした。

みなさんには想像もできないかもしれませんが、当時の学校には図書室などというものはありませんでした。地域の図書館だってまだ少なく、ましてや児童書を備えた図書館など、ほとんどありませんでした。読もうと思えばいくらでも本が読める。そんな環境は、当時の子どもには与《あた》えられていなかったのです。

しかし、桃子の通っていたのが女子師範学校、つまり、教師を養成する学校の附属《ふぞく》小学校だったので、とても教育熱心だったのでしょう。学級文庫をつくるために先生方が保護者のところに寄付集めにまわり、そのお金で本を買いそろえたのです。

これで、自由に好きな本が借りられるようになりました。そこには、日本の昔ばなしや世界の昔ばなし、白黒の挿絵《さしえ》のおとぎ話、『不思議の国のアリス』や『アラビアン・ナイト』の再話ものなどがそろえられていました。

桃子は物語の世界にのめりこみました。学校から家まで、子どもの足で三十分。桃子はわざわざ裏道を選び、そろそろと、本を読みながら帰るほどでした。家に着くのが待ち切れなかったのです。

「痛ッ！」

あるときには、本に夢中になりすぎて、電柱に衝突《しょうとつ》しそうになりました。

「あれ、ここ、どこ……？」

気が付くと、天かける『アラビアン・ナイト』の物語とあまりにかけ離れた、浦和の裏通り。桃子は大きなため息をつき、また不思議な物語の世界に戻《もど》るのでした。

本は桃子に、自分の住む場を超《こ》えた世界を見せてくれ、未知の世界にとけこむ楽しさを教えてくれました。本を読んでいるときは、好きなだけ想像力をはばたかせ、自由でいることができました。

「ああ、本って本当に楽しい。私、たくさんの本のある部屋で、本に囲まれて暮らしたいなあ！」

思う存分、物語の世界にひたりたかったから、桃子は読書感想文が大嫌いでした。わざわざ「これがどう楽しいか」を、言葉で説明する必要があるのでしょうか。桃子は大人になってからも、子どもに読書の感想を聞く行為《こうい》を批判しています。

頭ではなく、五感を解放して、その世界に身を投じること。それが桃子の考える、読書の楽しさでした。桃子は女学校に入ってからも、楽しい世界を享受《きょうじゅ》し続けました。

桃子は、子どもが本の世界に入って得る利益は、大きく分けて二つあると考えていました。一つは、そこから得た自分の考え方、感じ方によって、将来、複雑な社会で生きてゆけるようになること、もう一つは、育ってゆくそれぞれの段階で、心の中で、その年齢《ねんれい》で一番よく享受できる、楽しい世界を経験しながら大きくなっていけることです。

桃子は後者をより大切だと考えていました。それは「幼いとき、こうした世界を通らないと、欠けたところのある人間になるらしいと考えられるから」という理由からでした。「欠けたところのある人間」という表現はいささか手厳しいですが、桃子はこのあと、小学一年生ぐらいでも、目に見えないものを全部うそだと考える子どもが出てきたことについて、「人間のもっているだいじな力、想像力を、自分の中から押《お》し出してしまっている」と心配しています。

桃子にとって、本の世界にひたること、つまり、想像の世界に身を委ねることは、人間らしく育ってゆくことと結びついたものでした。物語を楽しむときの「あたたかさ」は、人間の土台をつくるものの一つだと考えていたのです。

桃子は幸いなことに、そのような「あたたかさ」をたっぷり味わって大きくなりました。

姉たちの結婚

一九二三年（大正一二）三月、桃子は十六歳で、今の中学校にあたる女学校（埼玉県立浦和高等女学校）を卒業しました。大正時代の女子で、小学校を出た後に高等女学校に行けたのは十人のうち一人、二人程度です。これよりさらに上の教育を受けるというのはとてもハードルの高いことでした。そもそも教員養成を例外として、女子に教育を授けるという発想は社会の中にほとんどありませんでした。石井家も例外ではなく、長姉の初は、女学校を卒業後は進学せずに和裁を習いながら家事を手伝い、二十一歳で結婚しました。

次の姉の文は、学校でとても優秀《ゆうしゅう》な成績をおさめていました。学校の先生が文の能力を惜《お》しみ、上の学校に進学させるように何度も家に説得にきたそうですが、両親はどういうわけか、それを許しませんでした。女の子は学校を出たら早く結婚するのが幸せである、という当時の社会通念から離れることはできなかったのかもしれません。

初が結婚することになったのは、初にも母親にも気の進まぬ相手で、初の結婚が近づいたころの石井家には、なんとも重苦しい空気が流れていたようです。桃子が初が読んでくれた『舌切りすずめ』の物語に心を震《ふる》わせたのは、このころのことです。敏感《びんかん》な桃子は、家に漂《ただよ》う気詰《きづ》まりな空気を感じ取っていたのでしょう。

優秀だった文も、女子師範学校の二部に進学し、小学校の先生を一、二年したあと、お見合いをして醤油醸造《しょうゆじょうぞう》を家業としている家に嫁《とつ》ぎました。

桃子には、姉たちの結婚生活は幸せには見えませんでした。意に染まぬ相手と、なぜ、無理に結婚する必要があるのでしょう。自由意志が尊重される現代の日本に生きていると、不思議に思うかもしれません。しかし、当時の結婚は、お互《たが》いが好きになった人とする恋愛《れんあい》結婚ではなく、親の決めた相手とするのが一般《いっぱん》的でした。女性の社会進出など、ごく限られた人のものだった時代、女性の結婚は生活基盤《きばん》を確保することとイコールでもありました。

大学に行きたい

姉たちの結婚生活を見ていた桃子には、結婚することが、すなわち女性の幸せであるとは、とても思えませんでした。女学校時代に貧血症《ひんけつしょう》を悪化させ、ことに夏になると立ちくらみをしばしば起こして半病人のようだった桃子ですが、だからといって、卒業しても、生きていくために男性を頼《たよ》ろうとは考えませんでした。

「私は、姉さんたちのようになりたくない。女には生活手段がないから、結婚したほうがよいということ？　もしそうなのであれば、私は、自分の力で生きていける道を見つけたい。そうして、自由に自分らしく生きていきたい」

女学校を出て半年たったころ、桃子は父親の前に座り、意を決して切り出しました。

「お父さん、話があります」

「なんだ」

「私を、上の学校にやってください」

「よかろう」

あっさりと承諾《しょうだく》され、桃子はぽかんとしてしまいました。姉さんたちはあんな思いをしたのに、なにも言わずに進学を許してもらえるなんて……。

嫁いだ初は苦労の末に若くして病気で亡くなり、文の結婚生活も苦労続き。さらにまだ花、祐、桃子と未婚の娘《むすめ》が三人も家にいる石井家にあっては、父自身も、これまでと同じ方針のままでいくことに疑問を感じていたのかもしれません。

桃子は「独立心に燃えて」というほどではないにしても、「結婚しないで女子大にやってもらうんだから、学校を出たら自活しなくちゃ」というぐらいには、卒業後のことについても覚悟《かくご》していました。

そして半年後の一九二四（大正一三）年四月、日本女子大学校英文学部に入学。広い世界に向けた、桃子の新しい扉《とびら》が開かれました。

第三章　編集者になる

女子大での青春

一九二四（大正一三）年四月、一か月前に十七歳《さい》になったばかりの桃子《ももこ》の大学生活が始まりました。浦和《うらわ》の自宅から目白にある大学までは、京浜《けいひん》東北線と山手線を乗り継《つ》いで、約一時間半の道のりです。

桃子の服装は、女学校時代から洋装が定番でした。学校に洋装で通うようになったのは、クラスでいちばん早かったといいますが、これは別に、桃子が流行の先端《せんたん》を行くことに情熱を燃やしていたわけではなく、子どものころから、裁縫《さいほう》の得意な姉がつくった洋服を着るのが習慣になっていただけでした。

そう、桃子は長い生涯《しょうがい》のいつでも、気が付くと、時代の最先端にいる人でした。しかし、本人はいつでもいたって淡々《たんたん》としていて、ガツガツとした向上心や競争心、内容をともなわない粋《いき》がり方とは無縁《むえん》でした。時代の先端にいるというと、華《はな》やかで奔《ほん》放《ぽう》な性格を想像するかもしれませんが、桃子は目立つことの苦手な、どちらかというと地味でおとなしい女の子でした。

ただ、いつでも自分らしくありたいと思っていたことは確かでしょう。束縛《そくばく》されることを嫌《きら》い、精神的な自由を追い求め、自分の納得《なっとく》のいくことだけをしたい、と桃子は考えていました。その考えのまま、自分の求める環境《かんきょう》を淡々と追っていったら、自然と、最先端に身を置くことになっていたのです。

ただ、当時の女性には、一般《いっぱん》に、好きなように自分らしさを追い求めていける環境などは与《あた》えられていなかったので、それをできるということ——、そうであるべきだと考えること自体、本当に時代を先取りしていたのだといえるかもしれません。

さて、洋服姿の小柄《こがら》で色白な女の子は、通学列車の中では目立つ存在だったのか、男子学生から声をかけられることもあったようです。しかし、桃子の態度はずいぶんあっさりしたものでした。

「当時、そんなことをするのは不良ということになっていた。私は、そんなふうには、けっして考えなかったが、べつにその学生たちに興味ももてなかったから、その人たちとのつきあいは進まなかった」

淡々としていて、興味のないものにはとりあえずの付き合いもしない、まっすぐな桃子の姿が浮《う》かび上がってきます。エッセイでは、ここに続けて興味深い一文が記されています。当時、同じ年ごろの友人たちが一様に女に生まれたことを悔《く》いていたが、自分は特にそんなふうに考えなかった――ということを述べた後で、

「もし自分が男に生まれていたら、そのころの日本では、自分もそこらに見る男と同様、やがて結婚《けっこん》するだろう女を、きっとふみにじることになるのだという、少女らしい一徹《いってつ》な正義感をもっていたことも事実だった」

と書いているのです。桃子の結婚観は、若い女性とは思えないほど甘《あま》やかなところがないものでした。それどころか、むしろ結婚を嫌悪《けんお》しているとみえるほどでした。

学校生活については、友だち付き合いや英文学部での勉強を楽しみました。英文学部の講義は、単に英語を身につけるだけではなく、英文学の精神そのものを研究する

ことが目的で、イギリス人講師から発音も英文もきめ細かく指導され、在学中に桃子の英語力はめきめきと上達しました。

〝大御所《おおごしょ》〟のもとでアルバイト

桃子の青春は、熱烈《ねつれつ》な恋愛《れんあい》をはじめとする派手な出来事とは無縁に、穏《おだ》やかに、本人の言葉を借りれば〝ぼやッと〟過ぎていきました。

ただ、大学の卒業が近づくと、少々困ったことになってきます。卒業後は自活する前提で進学したわけですが、昭和初期は大変な不景気で、就職先が見つからないのです。そんなとき、救いの神が現れました。英文学部の友人、久保田静子です。

「私も英語を使った仕事がしたいの。ねえ、菊池《きくち》さんのところに、一緒《いっしょ》に仕事をもらいに行ってみましょうよ」

「菊池さんって、小説家の菊池寛《かん》？　久保田さん、菊池さんを知ってるの？」

小説家であり、文藝《ぶんげい》春秋社を創業した菊池寛は、大学のすぐ近くに居を構えていました。静子は同郷の縁ということを理由に、何度か訪ねたことがあるというのです。

当時、出版社を経営している菊池寛のもとには、仕事を求める女性たちが、しばしば訪ねてきていました。桃子も静子に連れられて菊池家を訪問し、仕事をしたいのです、と切り出すと、菊池は二人の希望通り、英語を使った仕事を提案してくれました。

それは、丸善（東京・日本橋にある洋書を扱《あつか》っている書店）に届く新しい外国の小説を読み、あらすじや感想を教えること。桃子は貧しい女性が素敵《すてき》な男性と恋《こい》に落ち、ハッピーエンドを迎《むか》えるような外国の大衆小説を読んでは、あらすじをまとめ、自分なりの見解をつけて菊池寛に届けていきました。

「これはおもしろい。でも、こっちはありきたりだな」

いつも小説のヒントを探していた菊池は、桃子の報告を受け取ると、そんなふうにパッパッと判断し、自分の中に取りこむのでした。そのうち桃子は、欧米《おうべい》の生活に関する習慣を調べるような、アシスタント的な仕事も任されるようになりました。

おそらく学生だった桃子には、菊池寛が文壇《ぶんだん》でどれだけの力をもっていたのか、まだはっきりとわかっていなかったに違《ちが》いありません。実は、現代でも大きな話題になる芥川《あくたがわ》賞や直木賞も、菊池寛が発案して創設した文学賞です。出版という事業を続けていくためには、本を売るための話題づくりが必要だ。経営者でもある菊池寛は、そのように考えていたのです。マーケティング感覚が非常に優《すぐ》れ、プロデューサー的資質を備えた、稀有《けう》な文学者でした。

文藝春秋社の正社員になる

桃子は大学を卒業してからも、菊池寛からの指示によって仕事をしていました。このアルバイトで、かろうじて実家住まいの桃子の生活を支えることはできました。

一九二九（昭和四）年、仕事を求める女性たちの数が増えてきたため、菊池は「文筆婦人会」を設立します。翻訳《ほんやく》や口述筆記など、文筆にかかわる仕事に特化した、私設の派遣《はけん》会社のようなものです。高等教育を受けても就職先がなく、しかし仕事をしていきたい桃子のような女性たちは、この会に所属し、文藝春秋社の雑誌編集の補助や、企業《きぎょう》の経営者たちの秘書的な仕事を紹介《しょうかい》してもらいました。

桃子は文藝春秋社が創刊した婦人雑誌「婦人サロン」の編集部に配属され、翌一九三〇（昭和五）年、文筆婦人会の解散と同時に、同社の社員となりました。

こうして桃子は、出版の世界に本格的に足を踏《ふ》み入れたのです。

桃子に菊池寛を紹介してくれた静子は、文筆で身を立てたいという野心をひそかに抱《いだ》き、のちにエッセイを書くようになりましたが、桃子自身は、そのような野心や欲望とは無縁でした。

しかし、野心と能力とは、決してイコールではありません。実際、多くの女性たちが所属していた文筆婦人会から、文藝春秋社の正社員に抜擢《ばってき》されたのは、桃子を含《ふく》む三人だけ。出版界の大御所は、桃子に編集や原稿執筆《げんこうしっぴつ》の才能があると見抜《ぬ》いたのです。また、丹念《たんねん》な仕事ぶりや手を抜かない性格が信頼《しんらい》され、大切な仕事も、この人ならと任されることがありました。

その一つが、「クマのプーさん」との運命の出会いをもたらした、あの犬養家《いぬかい》の書庫整理の仕事でした。つまり、犬養家との縁も、菊池寛からつながったものだったのです。菊池寛は、いわば、桃子の大恩人でした。

一九三三（昭和八）年に同社を退職するまでの四年間で、桃子は出版界の錚々《そうそう》たる人びとと知り合っています。まず、婦人雑誌「婦人サロン」の編集長、永井龍男《ながいたつお》。永井は小説家、脚本家《きゃくほん》であり、のちに「文藝春秋」誌の編集長も務めた人物です。永井のところには、デビューして間もない小説家の井伏鱒二《いぶせますじ》（『山椒魚《さんしょううお》』や『黒い雨』の作者）が毎日のように遊びに来たため、桃子も自然と井伏と親しくなりました。

小説家の山本有三とは、有名人の家を訪問する企画《きかく》をきっかけに気に入られ、その後ずっと桃子が担当を務めました。仕事を通して築いた信頼関係は、のちに桃子の人生にとって、大きな転機となる出来事をもたらすことになります。

そして、親友となった同僚《どうりょう》の編集者、小里《おり》文子との出会い。文子と過ごした楽しい日々は、桃子の青春時代を輝《かがや》かせ、桃子の生涯を支えることになりました。

仕事と私生活

桃子が配属された「婦人サロン」は、それまでの女性雑誌の主流とは異なり、主婦向けではなく、都会のモダンな独身女性をターゲットにしていました。現代のＯＬ向けの雑誌と同じように、仕事や恋、ファッションに関する記事が当たり前のように並んでおり、作家の山本有三の家の訪問レポートにも、山本有三と、桃子、文子と思われる二人の女性記者との、仕事をめぐる会話が記されています。

そこで山本は、若い女性は恋愛を希望に暮らしているのだろう、と、いかにも年配男性が若い女性に対してしそうな質問をしています。それに対して桃子たちは、「そんなものじゃありません、まず仕事を探します」と、食って掛《か》かっています。そして、仕事ならあるじゃないかという山本に返したのは、次のような言葉でした。

「ですがこんな仕事ぢやない、自分がこれこそしていける、といふやうなのが持ちたいのです」

編集者になったのはたまたまであり、生きるためだった桃子たちにとって、「婦人サロン」の仕事は、満足できるものではなかったのでしょうか。さらに「自分を打ちこんでやれる仕事を持つ人が、一番幸福だと思ひます」と、訴《うった》えていることを考えると、少なくとも、自分が打ちこめる仕事だと感じていなかったと推測できます。

とはいえ、おそらくこの時点では、どんな仕事であれば自分の人生を賭《か》けられると思えるのか、桃子自身にもよくわかっていなかったでしょう。

ただ、満たされてはいなかったといっても、与えられた仕事には一所懸命《けんめい》取り組みました。取材し、少しでもおもしろいものになるようにと記事を書き、念には念を入れて校正をし……。校了《こうりよう》前の数日間は、仕事は深夜にまで及《およ》ぶこともしばしばでした。仕事が終わると、もう終電間近です。会社から上野駅までタクシーで向かい、汽車で浦和駅まで行って、そこから再びタクシーに乗って帰宅する日々。連日、深夜に疲《つか》れ果てて帰ってくる娘《むすめ》のことを、両親は当然心配したでしょう。けれども、口に出して咎《とが》めだてるようなことはありませんでした。一人前の社会人として責任をもって働くこと、自立して生きるということには、こういうことも含まれる、それに対して口出しすることはできない。そのように考えていたのかもしれません。

恋愛とも、決して無縁ではありませんでした。二十代前半の年頃の桃子のところには、お見合いの話がいくつも持ちこまれましたし、実家の隣家《りんか》に来ていた優秀《ゆうしゅう》な家庭教師から、「あなたが好きになったから結婚したい」と、いきなりプロポーズされたこともありました。

これに桃子は面食らいました。普通《ふつう》の友人だと思っていた男性から突然《とつぜん》プロポーズされ、喜ぶどころか、恐怖心《きょうふしん》を感じてしまったといいます。桃子の潔癖《けっぺき》さは、社会人になってからも変わっていませんでした。

雑誌の記事の中で、桃子は「多くの女を愛しなきや女について語れないといふわけはない。否《いな》、むしろ、一人の女性でもよい、真に真心を持つて接していく男性が、本当の女の姿を見究《きわ》めてくれるんぢやないだらうか」とも書いています。出版社で働く中で、女性関係にだらしない男性を見る機会が多かったためか、桃子の男性への見方は、相変わらずシビアです。

大親友　小里文子

男性に対するガードが固かった半面、桃子の人生にはその時々で、深く濃密《のうみつ》な付き合いをする女友だちが現れます。その最たる存在は、会社で知り合った二歳年上の小里文子でした。学生時代から和歌を詠《よ》み、作家になることを目指していた文子は、文藝春秋社が初めて採用した女性社員二人のうちの一人で、菊池の秘書を務めたこともありました。華やかな美貌《びぼう》で知られ、男性作家たちとの危ない恋も噂《うわさ》されていました。奔放《ほんぽう》で、頭の回転が速く、口も達者で、人の悪口が天才的に上手。おっとりとして生真面目《きまじめ》な桃子とは正反対のタイプでしたが、どういうわけか二人は妙《みょう》に馬が合いました。どちらも自立心が強く、自分一人で生きていくと決めていながら、自分が女であることは自然に受け入れている――、そのような感覚が一致《いっち》していたのです。

結核《けっかく》を患《わずら》っていた文子は間もなく退職しましたが、桃子は文子が一人暮らしをしていた荻窪《おぎくぼ》の家に、ちょくちょく遊びに行きました。文子の家の庭は、水仙《すいせん》や百日紅《さるすべり》、何種類ものツツジ、烏瓜《からすうり》など、さまざまな植物であふれ、鮮《あざ》やかな色彩《しきさい》や芳香《ほうこう》に満たされていました。

野菜のお惣菜《そうざい》を手際よくつくり、買ってきた牛肉をバターで焼いて食べ、尽《つ》きることのないおしゃべりに時を忘れて笑い転げる二人。

「どうして世の女たちは、女であるというだけで、男の敵みたいに肩肘《かたひじ》張っちゃうのかしらね」

「そうそう、もっと自然に女でいればいいのよ」

気の合う女友だちと、おいしい食事を楽しみながら、他愛のないおしゃべりを楽しむ時間は、まるで現代の「女子会」そのものです。

ときには、本気とも冗談《じょうだん》ともつかぬ夢を語り合うこともありました。

「ふうちゃん、私ねえ、いつか小さな畑をやってみたいの」

「自分の食べるものは自分で育てる、ってわけね」

「それこそ、真の自立ってものじゃない？」

「その話、乗ったわ。私が元気になったら一緒に畑仕事をしましょうよ」

桃子の訪問は、文子にとって、療養《りょうよう》生活の退屈《たいくつ》さを吹《ふ》き飛ばす貴重な時間でした。

桃子の母は娘に結核が感染することを恐《おそ》れていましたが、桃子にとって、親友と過ごす時間は何より大切なもので、むしろ「この人のためならなんでもやってあげたい」というぐらいの気持ちを抱《いだ》いていました。一言でなんでもわかり合え、すべてをさらしてお互《たが》いの中に踏み込んでいける。そんなふうに心を開き合えた、おそらく唯《ゆい》一《いっ》の相手が文子だったのでしょう。

文子と桃子は、膨大《ぼうだい》な量の手紙、葉書も交わしています。会った次の日に、しかも、またすぐに会うというのに、「昨日のあの話だけど……」「今度来てくれるときには……」などと書き送っているのです。戦前の女性たちの感覚も、気の合う親友と夜更《よふ》けまでメールやＬＩＮＥでやりとりし続ける現代の女の子たちと、それほどかけ離《はな》れたものではなかったということでしょう。

文子の体調のよいときには、二人は銀座に輸入雑貨を見に行ったり、おいしい天ぷらを食べに行ったりと、ショッピングやグルメを楽しみました。二人は庭や室内を花で飾《かざ》り、おいしいものを食べ、気に入った上質な服を着ることにもこだわりました。日常の生活を、質のよいものにすること。それは、当時の社会に対する、無意識的な〝抵抗《ていこう》〟であったのかもしれません。

一九二九（昭和四）年の世界恐慌《きょうこう》に端《たん》を発した不景気は、改善する気配が見られず、特に経済的に大きな打撃を受けたドイツでは、ヒトラーの率いるナチスが台頭してき

文藝春秋社時代の旅行スナップ。左から２番目が桃子。その隣りが小里文子

ました。ロシアではスターリンが独裁体制を強め、東アジアでは国際関係が悪化していきます。一九三一（昭和六）年には「満州事変」が勃発《ぼっぱつ》。この日本と中国との軍事衝突《しょうとつ》をきっかけに、両国は次第《しだい》に本格的な戦争へと向かっていき、社会の統制は強まっていきました。

美しいもの、ウィットに富んだものを好み、なにより自由を愛していた桃子たちは、このような世の中では、息苦しさを感じるばかりだったでしょう。二人の〝女子会〟は、自分たちの精神の世界では、なにがなんでも自由な世界を死守したいという、切実な心の叫《さけ》びだったようにも思われます。

二十代の日々に経験した、二人のこの濃密な友情を、桃子は晩年、自伝的長編小説『幻《まぼろし》の朱《あか》い実』として結実させました。

子どもの本の世界へ

日本社会に戦争の影《かげ》がしのびよる中で、文藝春秋社の空気も次第に変わり、社内にも戦争に協力するような発言をする人が出てきていました。

「なんだか居心地悪いな。このままいったら、私もそういう仕事をさせられてしまうのではないかしら。ここでの仕事、もう切り上げた方がいいかもしれない」

与えられた仕事には誠意をもって取り組むけれど、納得ができないと動けなくなってしまう桃子は、数年間の激務で体調が悪くなっていたこともあり、一九三三（昭和八）年一二月、健康問題を理由に退職します。二十六歳でした。

桃子が『クマのプーさん』の原書を手にしたのは、それから間もなくのことです。プーの世界にのめりこみ、まるで魔法《まほう》をかけられたように我を忘れて読みふけったことは、すでに語った通りです。

病状が悪化し、寝《ね》たり起きたりの生活をしていた文子にも、桃子はプーのお話を話して聞かせました。文子は犬養家の子どもたち同様、下手をしたらそれ以上にプーさんに熱中し、ケラケラ笑って聞いていました。プーの世界にあるユーモアやジョークが、桃子同様、文子のツボにも見事にはまり、文子は、何度も桃子に先をせがみました。そして、文子が訳文を紙に書いてくれるように頼《たの》んだことで、桃子は期せずして、児童文学の翻訳を始めることになったのです。

そんな折、旧知の作家、山本有三から声がかかります。

「ちょっと新潮社で仕事するんだけど、手伝ってくれないか」

山本は小学校高学年から中学生ぐらいの子どもに向けた、歴史、科学から、哲学《てつがく》、文学、スポーツまで、いわば人類の英知を全十六冊に凝集《ぎょうしゅう》した、教養の土台となるようなシリーズ本「日本少国民文庫」を構想していました。

不穏《ふおん》な空気が立ちこめ、出版の自由も制限されるようになっていた時代に、山本はなぜこのような本をつくろうとしたのでしょうか。このシリーズの編集長を務めた吉《よし》野源三郎《のげんざぶろう》は、「こういう軍国的主義的風潮から少年たちを守り、時勢に毒されないヒューマニスティックな思想や感情をつちかうことが必要でした」と振《ふ》り返っています。

一九三四（昭和九）年、桃子は、時勢に逆らい、ひそかに反戦主義を打ち出していた「日本少国民文庫」の編集メンバーに加わりました。他に岸田國士《くにお》、吉田甲子太郎《きねたろう》、高橋健二、大木直太郎といった面々が揃《そろ》っていました。

桃子は、歴史を扱う『人間はどれだけの事をして来たか』と、文学を扱う『世界名作選』、文章の書き方を指南する『文章の話』の担当になります。本の輸入も難しくなっていた時代、少しでも子どもたちのためになる作品を収録しようと、編集部員たちは洋書を置いている書店や大規模な図書館に通っては、外国の子どもの名作を探しまわり、収録する作品を一篇一篇《いっぺん》、吟味《ぎんみ》していきました。

オスカー・ワイルドの「幸福の王子」、ロマン・ロランの「ジャン・クリストフ」、エーリヒ・ケストナーの「点子ちゃんとアントン」……厳選した作品の翻訳を依頼《いらい》し、原稿をもらう。それを、小学校高学年の子どもが読んで理解できるように、やさしい言葉に直していく――。編集は全編、口語で通す方針で進められました。

「こんな文章じゃ、子どもはとてもとっつけない。子どもの本なんだから、子どもがすんなり読めるものでなくっちゃ」

偉《えら》い先生が書いた難しい原稿に、隅《すみ》から隅まで手を入れて、カンカンに怒《おこ》らせたこともあったといいます。

「日本少国民文庫」は発売と同時に大変な人気を博し、版がすり減るほど増刷を重ねた大ベストセラーになりました。

桃子はこの仕事を通して、自分の子ども時代を思い出しました。本を読むことは、とても楽しい時間だった。本を読んでいる間、自分はとても自由だった。子どもの頃、ああいう体験が存分にできたことは、なんて幸せなことだったんだろう――。そして今、自分が子どもの本をつくる立場になり、わからないことがたくさん出てきました。「子どもに伝わりやすい言葉って、どんなものなんだろう。子どもがおもしろがるストーリーには、なにか法則があるのだろうか。そもそも、子どもにとって良い本って、どういうものなのだろう？」

体験的・感覚的になんとなくわかっていても、それを桃子は——児童文学がまだあまり研究されていなかった当時の日本では、おそらく誰《だれ》も——、はっきり言葉で表すことはできませんでした。ここから桃子は、子どもの本について真剣《しんけん》に考えるようになったのです。

波乱の日々

このころ、桃子の私生活には、立て続けにさまざまな波風が立っています。

まず、交友関係が大きく広がりました。ちょっとした縁から、大学生を中心とした若い男女が集うスキー同好会に参加するようになり、知的な年下の友人たちとハイキングやスキー旅行を楽しむようになりました。体が弱く、若いころには恋愛に向かうエネルギーをもち合わせていなかった桃子も、遅《おく》れてきた青春を謳歌《おうか》し、若者たちとの友人付き合いを楽しみました。そして、その中で互いに魅《ひ》かれ合う人もできました。

少し時間を戻《もど》しましょう。

一九三六（昭和一一）年、『日本少国民文庫』の編集に区切りがついたのを機に編集部は解散。子どもの本への関心が芽生え始めていたとはいえ、先のことなどどうなるかわからないまま桃子は二十九歳で退職しました。

その後、一九三八（昭和一三）年、浦和の家で一大事が起こります。母のなをが脳《のう》溢血《いっけつ》で突然倒《たお》れ、寝たきりになってしまったのです。子どもたちを慈《いつく》しみ、いつでもあたたかい愛情で包みこんでくれていたお母さん。言葉には出さないけれど、私の生き方を応援《おうえん》してくれていたお母さん。この大切な人がいなくなるかもしれない。恐怖に近いショックを受けた桃子は、自分が母の看病を引き受けることにしました。桃子は外に出る仕事をやめ、献身《けんしん》的に母を看病します。

桃子が必死に母親の生命の灯《ひ》をつないでいる間に、親友、文子の病状は打つ手がなくなるほど進み、この年、三十三歳の若さで亡《な》くなりました。

以前は足繁《あししげ》く文子のもとに通っていた桃子でしたが、文子の死の前の半年ほどは、母の看病で家を空けられず、会いに行きたくても行けませんでした。文子の死を知らされた桃子は、一瞬《いっしゅん》にして、深い闇《やみ》に突《つ》き落とされました。

「ふうちゃん……。私はこの先、どうやって生きていけばいいの」

自分をとりまく世界の、すべての光が失われた、と感じました。それほど文子の存在は桃子にとって大きく、大切なものでした。自由奔放で、美しいものを愛し、生活を慈しんで精いっぱい生きた文子。その生は短いものでしたが、桃子の中にくっきりと刻まれ、その後の人生を支えるものの一つとなりました。

翌一九三九（昭和一四）年には、母も六十八歳で亡くなります。文子、母と、大切な二人を立て続けに失い、桃子は深い悲しみに沈《しず》みました。そのような中、実家に住む理由を失った桃子は、文子の荻窪の家を譲《ゆず》り受け、一人暮らしを始めました。

「子どもの図書室」を夢見て

「子どものための図書室をつくれないかな」

子どもの本について考えるようになった桃子は、いつしか、そのような思いを抱くようになっていました。

「子ども時代に本を読みふけったあの楽しさを、本を買えない子どもたちにも味わってほしい。それは子どもたちにとって、必ず、生きていくときの糧《かて》になるはず」

女性雑誌の仕事に飽《あ》き足らなかった桃子ですが、子どもの本の世界には、自分が一生を賭けられると思える何かがあるように感じられました。

その頃、桃子は銀座の教文館書店で、アメリカの児童文学の書評誌「ホーン・ブック」による、児童書の良書リストを手にします。

リストに魅《み》入られた桃子は、「ホーン・ブック」の編集部に、『クマのプーさん』の翻訳にあたってわからない点やホーン・ブック社のなりたちについてを問い合わせる手紙を送ります。「ホーン・ブック」の創刊者であるミラー夫人とは、ここから太平洋をまたいだ文通が始まりました。

ここでまた、犬養家が登場します。子どもの図書室をつくりたいという桃子の願いを知った仲子夫人が、犬養家の土蔵の空きスペースを貸してくれたのです。あちこちから子どもの本をかき集めた、ささやかな児童図書室「白林少年館」で、桃子は近所の子どもたちに本を貸し出したり、読み聞かせをしたりし始めました。

しかし、時代はそのような穏やかさとは、まったく違う方向に進んでいました。一九三九（昭和一四）年九月、ドイツ軍によるポーランド侵攻《しんこう》をきっかけに、第二次世界大戦が勃発。ヨーロッパに始まった戦争は、世界中の人々を不安に陥《おとしい》れました。第一次世界大戦後の国際体制に不満を抱いていた日本も、一九四〇（昭和一五）年九月にドイツ、イタリアと軍事同盟を結び、戦争への道を突き進み始めます。そんなきな臭《くさ》い時局の中で、小さな子どもの図書館は、ひょろひょろと志半ばで立ち消えてしまいました。

ドリトル先生、誕生

桃子の子どもの本への思いは、それでも消えることはなく、今度は友人たちと児童書の出版社「白林少年館出版部」を設立します。出版社といっても、桃子と、詩を書いていた飯塚《いいづか》さん、銀行勤めの鈴木《すずき》さんという、働く女性三人でつくった小さな会社です。この二人について詳《くわ》しいことはわかりませんが、「お金は出す」という鈴木さんの言葉に、出したい児童書があった桃子が乗ったかたちでスタートしました。

物資の統制が厳しかったこともあり、桃子がここで刊行したのは、ケネス・グレーアムの『たのしい川邊《かわべ》』と、ロフティングの『ドリトル先生「アフリカ行き」』の二冊だけ。しかし、ドリトル先生の翻訳を小説家の井伏鱒二に頼んだことは、編集者・桃子の敏腕《びんわん》ぶりを表しているといえるでしょう。

井伏とは、文藝春秋社時代からの知り合いです。桃子は荻窪に越《こ》してから、近所に住んでいた井伏を訪ねては、雑談に花を咲《さ》かせていました。そんなときの話題には、子どもの本のことが上ることもありました。

「井伏さん、アメリカの友だちから、ドゥーリトル先生の物語というのを教えてもらったんですけど……」

動物の言葉を話せる医者のドゥーリトル先生が、病気に悩《なや》むアフリカのサルたちの頼みを受け、アフリカに向けて出発する。行く先々に待ち受ける難題を、動物たちの機知に導かれて切り抜《ぬ》けていく――。そんな奇想天外《きそうてんがい》なあらすじを話して聞かせると、

「いい話ですね、いい話ですね。日本の子どもの話は妙にリアリズムを追っていて、こういうふうにはいかないんだな」

と、井伏は大いに喜んでくれました。そこで桃子は、切り出しました。

「では、訳してくださいませんか？」

すでに作家として名を成していた井伏でしたが、桃子の頼みをあっさりと聞き入れてくれました。

「ドゥーリトル」なんて日本語では言いにくい、だったら「ドリトル先生」にしよう。「頭が二つで胴体《どうたい》が一つの珍獣《ちんじゅう》、押《お》しっくらをしている獣《けもの》の名」、それなら「オシツオサレツ」だな。井伏は訳しにくい固有名詞に、絶妙のユーモラスな表現を与えてくれました。そうして生まれたのが『ドリトル先生「アフリカ行き」』です。

一九四一（昭和一六）年一月に白林少年館出版部から一冊目が刊行されたあと、井伏は戦争を挟《はさ》んでシリーズ全十二巻を翻訳。出版社は変わりましたが、ユーモラスな冒険《ぼうけん》物語が子どもたちを夢中にさせることに変わりはありませんでした。

ちょうどこのころ、もう一つ、桃子の仕事に大きな動きがありました。ドリトル先生の刊行の一か月前、岩波書店から『熊《くま》のプーさん』が出版されたのです。

翻訳家・石井桃子がここに誕生しました。プーさんを初めて読んでから七年後、そして、日米開戦まであと一年に迫《せま》った時期のことでした。

第四章　戦争の日々

迫《せま》る戦争の影《かげ》

戦争が迫る中、三十三歳《さい》の桃子《ももこ》は『熊《くま》のプーさん』で翻訳《ほんやく》家としてのスタートを切りました。『日本少国民文庫』の編集・翻訳を終えて会社を辞《や》めた桃子は、この先どうしていくべきか、自分の仕事の方向性について真剣《しんけん》に考えたでしょう。そのとき、児童文学の翻訳という選択肢《せんたくし》も、おぼろげながら浮《う》かんでいたと思われます。

桃子の友人の子どもが、桃子の翻訳の方法を記録しています。

「石井《いしい》さんのお話の方法というのは、一章ずつ訳しながら、必ずそれを彼女《かのじょ》の周りの子どもたちに何回も〈お話〉として聞かせ、子どもの反応を克明《こくめい》に見てとり、汲《く》み上げることによって訳文を練っていくのであった」

桃子はそうやって何度も訳文を読み聞かせては、推敲《すいこう》を重ねていたのです。日本とは異なる文化・風習をもつイギリスのお話を、日本の子どもにすんなりと受け取ってもらえるように訳すことは、そう簡単なことではありません。ましてやプーの物語は、言葉づかいや言葉の響《ひび》きにも、おもしろさの秘密があるものです。

プーが発するへんてこな言葉のおかしさは、どういう日本語にすれば伝わるのでしょうか。桃子は何度も異なる方法で訳しては子どもに聞かせ、子どもの笑い方を見て、どの訳にするかを決めていました。根気と情熱、そしてなによりも、その本と子どもたちに対する愛情がなければできない、誠実な仕事でした。

そのような試行錯誤《しこうさくご》の末に完成した『熊のプーさん』は、〝敵性文学〟であったにもかかわらず好調な売れ行きで、戦争の真っ只中《ただ》の一九四二（昭和一七）年には、続編である『プー横丁にたった家』も出版されました。

しかし、それから間もなく、紙の配給は止まりました。都会では空襲《くうしゅう》は激しくなり、食べるものは乏《とぼ》しくなって、多くの子どもたちが親と離《はな》れ、地方に疎開《そかい》していきました。

意外なことに、一九四〇年前後は、さまざまな出版社から優《すぐ》れた児童文学の翻訳が相次いで出版されています。日本からも、坪田譲二《つぼたじょうじ》、宮沢賢治《みやざわけんじ》、新美南吉《にいみなんきち》といった、現代にも読み継《つ》がれる作品を残している精鋭《せいえい》たちが登場してきました。

世俗《せぞく》的な恋愛《れんあい》小説などの執筆《しっぴつ》が禁止される中で――戦時中は言論が統制され、作家は、好きなものを自由に書くことができなかったのです――、児童文学にかかわる人びとが集まる「日本少国民文化協会」も設立されました。山本有三が命名し、幅《はば》広い文化人が集った「日本少国民文化協会」では、桃子も設立準備の事務を手伝っています。

そのような中、父、福太郎《ふくたろう》がこの世を去りました。相次いで親友と両親を失った桃子は、自分一人だけがぽつんとこの世に取り残されたような孤独《こどく》を感じていました。太平洋戦争が始まったのは、この年の一二月のことです。ここから三年九か月間、日本は異常な状態に置かれることになります。児童文学にも〝お国のために〟という要素が増え、桃子は、これがいやでいやでたまりませんでした。

初めての小説『ノンちゃん雲に乗る』

これまで〝裏方〟として出版に関わってきた桃子ですが、実は、ここから約十年後、「石井桃子」の名前は、広く世に知れ渡《わた》ることになります。それは『クマのプーさん』の翻訳のためでも、『ちいさなうさこちゃん』の翻訳のためでもなく、『ノンちゃん雲に乗る』という物語のためでした。

桃子が初めて書いたこの物語が、一九五一（昭和二六）年に大ベストセラーになり、映画化までされたのです。桃子は時の人となり、雑誌などでもしばしば紹介《しょうかい》されました。

『ノンちゃん雲に乗る』の主人公は、八歳の女の子です。しかし、桃子はこのお話を、児童文学のつもりで書いたわけではありませんでした。なにしろ桃子自身が想定していた読者は、大人《おとな》の男性だったのです。

ことの始まりは、桃子の友だちが、陸軍気象部で兵役についたことでした。鉄砲《てっぽう》を構えて敵と戦うことはなくとも、兵隊は兵隊です。

「あそこでは、人間らしくいられないんだ。本当に息がつまりそうだ」

彼《かれ》は桃子に会うと、非人間的な兵役生活について嘆《なげ》くのでした。そんな彼を慰《なぐさ》めようと、桃子は約束しました。

「それなら私、何かお話を書いて送るわ」
そうして書き始めたのが、『ノンちゃん雲に乗る』なのです。

大好きなお母さんが黙《だま》って出かけてしまったことに腹を立てたノンちゃんは、わあわあ泣きながら神社の池までやってきます。池のほとりの木に登って、しばらく水面に映る雲に見とれているうちに、ノンちゃんは池に落ち、気が付くと雲の上にいました。雲の上にいた不思議なおじいさんに導かれるまま、ノンちゃんは、自分のこと、家族のことを語り始める——、というお話です。

お利口さんで、嘘《うそ》の嫌《きら》いなノンちゃんは、桃子の分身のようなものでしょう。そのノンちゃんに母や父のことを語らせたのは、相次いで両親を失った桃子自身の寂《さび》しさを癒《いや》すものでもあったかもしれません。それまで少しずつ心にためていたお話を、桃子は一話ずつ書いては、彼に送りました。

「これを読んでいる間だけ、自分が人間にもどれている気がする」

読み終わると友人たちにも回覧し、みなで楽しんだという彼からの手紙に、桃子は素直に喜び、また、文学の力を確信することになりました。

明日の命も知れない中で

人間らしい生活ができなかったのは、一般《いっぱん》の人びとも同じでした。

毎日のようにやってくる、米軍による空襲。米軍の飛行機が近づいてくると、空襲警報のサイレンが鳴り響き、人びとは防空頭巾《ずきん》やヘルメットをかぶり、当座の食べ物などをもって防空壕《ぼうくうごう》に避難《ひなん》するのでした。

夜間に灯《ひ》が外にもれると敵機の目印になるというので、警戒《けいかい》警報のサイレンが鳴ると灯火管制が敷《し》かれ、人びとは恐怖《きょうふ》に身をすくませながら、外に灯がもれないよう電灯の周りを黒い布で覆《おお》いました。投下された焼夷《しょうい》弾《だん》は、明るく大きな火花を散らしながら落ちていき、その後、空は激しい炎《ほのお》で赤く染まりました。

『ノンちゃん雲に乗る』

国の方針と異なる思想を持っている人たちは、思想犯として追われ、捕《つか》まれば投獄《とうごく》されました。

いつ命がなくなるかもわからない、明日をも知れぬ日々。自分の考えを、自由に言うことのできない社会。人びとの生活はめちゃめちゃになっていました。

「酸素が足りなくなった水の中にいる金魚が、水面の近くに浮かび上がって口をぱくぱくさせるでしょう？　そういう感じで毎日、息苦しかった」

桃子は晩年、そのように当時を振《ふ》り返っています。

この頃《ころ》の桃子は、毎日、たった一人で暮らす家に帰ると、ひまさえあれば、ガラス器の中のメダカの卵を見つめていたといいます。

それでも桃子は、働かなくてはなりません。敵性語である英語の使用が制限されていたために、翻訳で食べていけなくなった桃子は、一九四四（昭和一九）年、労働科学研究所所長、暉峻義等《てるおかぎとう》の私設秘書になりました。

このことが、この後の桃子の人生を思いもかけない方向に展開させていきます。

軍需《ぐんじゅ》工場の女学生たち

労働科学研究所での主な仕事は、各地の軍需工場に出向いて、労働環境《かんきょう》や、そこで働く女性たちの健康状態を調査することでした。六月には神奈川県川崎市《かながわけんかわさきし》にあった真空管の製造工場を訪問し、はるばる秋田県から勤労奉仕《ほうし》に来ていた本荘《ほんじょう》家政女学校挺身隊《ていしんたい》の一団と、その女学生たちを引率している女教師と出会います。

「すごい働きぶり！　十六～十七歳の学生にも、これだけのことができるんだ」

桃子は女学生たちの真面目《まじめ》さ、優秀《ゆうしゅう》さに感心しました。さらに感銘《かんめい》を受けたのが、教師、狩野《かの》ときわの誠実な人柄《ひとがら》と熱意ある指導ぶり、そして、生徒たちと教師との間に結ばれた強い信頼《しんらい》関係でした。

お国のためにと働いている彼女たちの労働事情はひどいものでした。工場で九時間から十一時間働き続ける間、休憩《きゅうけい》はわずか十分程度。休日も二週間に一度しかなく、お風呂《ふろ》も数日に一度しか入れません。食糧《しょくりょう》事情も悪く、ご飯も味噌汁《みそしる》もおかずもかぼちゃやひじきばかり。そんな献立《こんだて》が何日も続いて、育ちざかりの女子学生の体重はみるみるうちに減っていきました。体調を崩《くず》して帰郷する学生もいたようです。

そのような中で狩野ときわは、夜間に一時間ずつ、授業をしていました。教師を天職と思い定めた指導力に富むときわと、素直にその教えを受ける女子学生たち。彼女たちの姿に心を打たれた桃子は、夜間、寮《りょう》に通って、学生たちに勉強を教える手伝いをするようになりました。

そのうち桃子は研究所を辞め、女子学生たちの寮に移り住んで、昼は真空管づくり、夜は国語の指導という生活を送るようになります。

桃子がなぜそのような行動をとったのかはよくわかりません。生き方に迷い、肉体的にも精神的にも追い詰《つ》められていた桃子は、タフで明るい狩野ときわといると、なにか救われる気がしたのかもしれません。

また、桃子は大勢で騒《さわ》ぐよりも一人で静かな時間を過ごすことを好みましたが、この時期に一人でいるということは、防空演習に早朝から駆《か》り出され、警戒警報のサイレンが夜の静けさを破る心休まるときのない生活に、一人きりで耐《た》えなくてはいけないということでもあります。桃子はそんな生活に疲《つか》れ果て、一人暮らしが辛《つら》くなっていたとも考えられます。

そんなときに出会った一歳年上の狩野ときわは、頭がよく、話の上手な、エネルギッシュなシングルマザー。お互《たが》いに末っ子で、母親を自分で看取った経験もあるとあって、二人はよい話し相手となり、それぞれが胸に抱《かか》えていたモヤモヤとした思いを語り合うようになりました。

真空管をつくりながらとりとめのないおしゃべりをする中で、桃子は昔から抱《いだ》いていた夢を語ることもありました。

「私には前から、畑仕事をして生きていきたい気持ちがあるの」

かつて小里《おり》文子とも畑仕事への憧《あこが》れを話し合ったことがありましたが、戦時下の空気におしつぶされそうになっていたこのときの桃子の気持ちは、「もう、それしか納《なっ》得《とく》のいく方法はない」というものでした。

「私は身体を動かすことはかまわない。小さい土地があり、自分の食べるもののほか、売るものが少しつくれたら……。そして、夜は自分の勉強にあてられたら。そんな生活ができたら、って思うの」

それを聞いたときわは、驚《おどろ》いたことに「よっしゃ、それを一緒《いっしょ》にやりましょ」と返します。桃子はエッセイ「『ノンちゃん牧場』中間報告」で、「戦争末期、どうも人々は、少し気がおかしくなっていたらしい」と振り返っています。

寝食《しんしょく》をともにするうちに、桃子は、純真で一所懸命《けんめい》な生徒たちのことが、どんどん好きになっていきました。そして、厳しい環境の中で必死に働く彼女たちに、澄《す》んだ、きれいなものを味わわせてあげたいと思うようになります。『日本少国民文庫』では、子どもに少しでも良い文学を――と収録作品探しに奔走《ほんそう》した桃子ですが、このときもやはり、若い人たちに、良いもの、美しいものを知ってほしい、と願ったのです。

おとなしいけれども、良いと思うことをするのに躊躇《ちゅうちょ》しないのが桃子です。さっそく、知人の音楽家Tさんにコーラスの指導を頼《たの》みました。灯火管制が厳しくなり、真っ暗で危険な夜道を、Tさんは週一回、アコーディオンを抱えて寮まで来てくれました。何か月かの間、彼女たちはさまざまな曲を練習し、最後の歌となったのが、シューベルトの「菩提樹《ぼだいじゅ》」でした。

泉に添《そ》いて　茂《しげ》る菩提樹／したいゆきては　うまし夢見つ
みきには彫《え》りぬ　ゆかし言葉／うれし悲しに　といしそのかげ

うす暗い寮の大広間に、澄んだ歌声が響きわたりました。その瞬間《しゅんかん》だけは、広間が明るい光で満たされて輝《かがや》くようでした。

どんな世の中でも、美しいものはある。このとき、ときわも女学生たちも、たしかにそれを実感したでしょう。

この頃から東京の空襲は激しさを増していました。一九四五（昭和二〇）年三月一〇日には、三百機以上ものB－29爆撃機《ばくげきき》が、三十八万発もの爆弾《ばくだん》を投下。この東京大空襲で東京は火の海になり、八万人以上が亡くなり、百万人以上が被災《ひさい》しました。東京は壊滅《かいめつ》したも同じでした。

「これ以上、この子たちをここにとどめておいてはいけない。このままでは、いつか死なせてしまう。この子たちを秋田に帰しましょう」

二人は帰郷を決断。桃子たちの工場での共同生活も終わりを告げました。

農村へ

桃子とときわは、約五十人の女学生を秋田県本荘市まで連れて帰り、親元に戻《もど》しました。しかし、自分たちはどうしたらよいのでしょうか。途方《とほう》にくれていたとき、あの夢が、再び桃子を衝《つ》き動かしました。

「百姓《ひゃくしょう》がしたい。自分の食べるものは自分でつくる。それが今の私には、いちばん自然で納得のいく生活」

すぐに教師生活に戻る気持ちはなかったときわも、桃子の夢に乗ることにしました。生徒たちに女子挺身隊となることを提案し、はるばる川崎の工場に連れて行き、結果としてみなを命の危険にさらしてしまったことを、ときわは悔《く》いていたのかもしれません。

桃子三十八歳、ときわ四十歳。無謀《むぼう》ともいえる選択でした。

開墾《かいこん》のための土地探しは難航しました。どこの誰《だれ》ともわからない相手に、そう簡単に、大事な土地は貸してくれません。結局、秋田で土地を見つけることはできませんでした。土地探しがすんなりいかなかったのは、実は当然のことでもありました。当時の日本の農地制度は「寄生地主制」といって、農地の所有者である地主が小作人に土地を貸し、そこで収穫《しゅうかく》した農作物を地代として徴収《ちょうしゅう》するという制度だったからです。地主から土地を借りている小作農は、自分の土地でもないものを、他人に貸すことなどできませんし、地主は地主で、十分な上がりを得られるとは思えない相手に土地を貸す必然性などないわけです。農業経験のまったくないインテリ女性たちのお願いは、地主たちには冗談《じょうだん》か夢物語にしか思えなかったでしょう。

秋田での土地探しを諦《あきら》めた二人は、ときわの生まれ故郷、宮城県栗原《くりはら》郡に向かいました。幸い、山をもっていたときわの知り合いが、土地の一部を使わせてくれることになりました。その山あいの小さな村、鶯沢《うぐいすざわ》に着いたときのことです。

「ああ、百合《ゆり》が咲《さ》いてる、百合が咲いてる！」

桃子は沢《さわ》のかげに咲いている白百合の姿に歓声《かんせい》を上げ、畔《あぜ》の上を飛び跳ねました。そのときの思いを、桃子は「私は長い間、からだじゅうをしばりあげている縄《なわ》が一時に切れた思いがした」と書いています。

見わたす限りの緑、そこに細々と続く田んぼ、そして、田んぼのまわりに咲いている白百合。何年も死と隣《とな》り合わせだった東京、焼けた家々の間に人びとの遺体が積み上げられていた東京とは正反対の、生の美しさにあふれた光景でした。

桃子は思いきり深呼吸をして、ときわに言いました。

「ここに住もう？」

ときわが数十日ぶりに見た、笑顔の桃子でした。

終わりからの始まり

八月一一日、鶯沢が二人の新たな生活の拠点《きょてん》と決まりました。住まいは、村の大きな農家に間借りしました。しかし、これから荒《あ》れ果てた土地を開墾するというのに、桃子たちが持っていた農具は、防空壕を掘《ほ》るために使っていたシャベル一つだけ。気の毒に思った山の持ち主が鍬《くわ》を寄付してくれ、ときわがのこぎりを実家から借りてきて、〝百姓〟になる準備がささやかに整いました。

開墾開始の日は、ときわの母の命日である八月一五日と定めました。その日の朝、二人は新しい人生の始まりにうずうずしていました。

「ああ、一刻もはやく山にかけつけたい！」

「でも、今日はお昼から〝ありがたい放送〟があるから、聞かなくちゃいけないんでしょう？」

お昼近くなると、桃子が持ち込んだラジオの前に、近所の人びとが大勢集まってきました。

「朕《ちん》深ク世界ノ大勢ト帝國《ていこく》ノ現状トニ鑑《かんが》ミ非常ノ措置《そち》ヲ以テ時局ヲ收拾《しゅうしゅう》セムト欲シ茲《ここ》ニ忠良ナル爾臣《なんじ》民ニ告ク。朕ハ帝國政府ヲシテ米英支蘇《しそしこく》四國ニ對《たい》シ其《そ》ノ共同宣言ヲ受《じゅ》諾《だく》スル旨《むね》通告セシメタリ……」

いわゆる「玉音放送」、つまり、天皇による終戦の宣言でした。

終わった……。ときわと顔を見合わせた桃子は、涙《なみだ》がポロポロとこぼれてくるのを止めることができませんでした。

放送の後、農家の人びとはいつもの通りの畑仕事に戻り、桃子とときわは言葉少なく山へ向かいました。

照りつける太陽の下、桃子は、最初の鍬を思いっきり土に打ち込《こ》みました。

そして、まっ青な空を見上げて、桃子は思いました。美しいものは、ちっとも失われていない。

第五章　牛飼いと本づくりと

農村での生活

一九四五（昭和二〇）年八月一五日、終戦と同時に開墾《かいこん》生活が始まりました。狩野《かの》ときわの教え子らも加わり、慣れない者たちだけでの畑仕事です。村人から奇《き》異《い》の目で見られましたが、そんなことにはかまっていられません。毎日お弁当を腰《こし》から下げ、村から三十分かけて山に通い、荒《あ》れ地を畑にするために、黙々《もくもく》と土を耕し続けました。

朝五時前から夜まで続く、骨がミシミシいうような重労働。腰を曲げてシャベルで掘《ほ》り、鍬《すき》をふるう農作業は、東京でしていた紙とペンだけの仕事とは、何から何まで異なりました。

もともと丈夫《じょうぶ》ではない桃子《ももこ》は、しばしば疲労《ひろう》から熱を出して寝込《ねこ》みました。そんなときは他の人たちに畑仕事を任せ、自分は食事のしたくをして、みなの帰りを待つのでした。

農作業は大変ですが、自然を相手にし、自分の手を動かし、ものを生み出す生活は、桃子の求めていたものでした。

しかし、それまでと一八〇度異なる生活、生まれも育ちもまったく違《ちが》う、出会って一年の友人と二十四時間をともにする生活を、本当はどう思っていたのでしょうか。

食べるものがなく、良いと思う仕事はできず、言いたいことさえ言えない、自由のない東京から逃《に》げ出すことはできました。緑が生《お》いしげり、花々が可憐《かれん》な姿を見せる山の中で、ちぢこまっていた心が解放され、生きかえる思いがしたことは事実です。

畑仕事の夢を実現したうれしさや、ときわに対する信頼《しんらい》感にも、偽《いつわ》りはなかったでしょう。

ただ、桃子自身が〝人々は少し気がおかしくなっていた〟と振《ふ》り返る戦争末期の決断です。その戦争は、もう終わっているのです。

労働でどろどろに疲《つか》れ果て、ときには肥やし運びで牛馬のフンをかぶり、夜には頭はまったく働かなくなり、自分の勉強をするどころではない日々は、桃子には想像もできなかったものではないでしょうか。これまで人生を輝《かがや》かせてきた、大切な「本」

というものから切り離《はな》された日々に、当初は「どうして自分は、ここで、こんなことをしているのだろう」と思うこともあったようです。もちろん、ときわの前では口に出すことはできなかったでしょう。

それでも毎日、夢中で身体を動かして働くうちに、桃子の心も落ち着きを取り戻《もど》し、冬には三アールの畑ができあがりました。

冬になると、鶯沢《うぐいすざわ》は深い雪に閉ざされます。村にいたままでは山の畑に通って農作業をすることはできません。

「冬の間、遊んでいるのはもったいない」

「かぼちゃの穴掘りとか、肥やしづくりとか、できることはやりたいね」

いつまでも間借り生活のままなのも肩身《かたみ》が狭《せま》く、桃子たちは思い切って、山に移住することにしました。

引っ越《こ》しは一二月二〇日。深く積もった雪の上を、身の回りの道具を積んだソリを引いて、一行は青年団に建ててもらった掘立《ほった》て小屋に引っ越しました。板の壁《かべ》を萱《かや》で囲っただけの小屋ですが、桃子たちにとっては、ようやく手に入れた自分の城です。

開墾初期のころ。中央が狩野ときわ、右に桃子

夜になり、家の中を借り物のランプで照らしだしたときの感激はひとしおでした。

「その夜は、この世のものとも思われない美しい月夜になった。雪の白、木々の黒い影《かげ》、三人で小屋の前にじっと立っていると、小さい小さいアトムになって、チリチリと雪のなかに消えてゆきそうな気がした」

零下《れいか》数度にもなる寒さに震《ふる》えながら、これからの生活を思って心細さを感じていたとしても、桃子の心が求めたのはやはり、この世の中にある、この世のものとは思えない美しいものでした。

この冬、桃子は原稿《げんこう》書きを再開し、薄暗《うす》いランプの下で、推敲《すいこう》を重ねて「ノンちゃん雲に乗る」を完成させました。原稿は、知り合いの編集者、藤田圭雄《ふじたたまお》に託《たく》しました。ノンちゃんの最初の読者だった若者とは戦争中に別れていましたが、桃子はノンちゃんをそのままにしておきたくはなかったのです。藤田への手紙で、桃子は「ノンちゃんもやはり私の生命のいとなみの一つ」と書いています。肉体を使うだけの生活は、桃子にとって、片翼《かたよく》をもがれたようなものだったことがうかがえます。

収穫《しゅうかく》の喜び

「バンサン会、おはぎ、トマトのサラダ、西瓜《すいか》」

開墾生活中のメモに残された一文です。食卓《しょくたく》に並んだのは、すべて自分たちの手で育てたものです。

「トマトがこんなに甘《あま》いなんて知らなかったね」

よく熟《う》れてから収穫したトマトやスイカのおいしさは、都会では味わうことのできないものでした。作物の本当の味を味わう瞬間《しゅんかん》には、骨がきしむような農作業の辛《つら》さはどこかへ消え去ってしまうのでした。

開拓《かいたく》から一年後、桃子たちの〝財産〟は、畑二段半、田んぼは二段、山羊二頭に増えていました。それまでに収穫したじゃがいもは二〇〇貫《かん》（七五〇キログラム）。初心者としては立派なものです。秋には三俵の米も収穫できました。

実は桃子たちは、生産性を上げるための現代的な農法を実践《じっせん》していました。まわりの農家では江戸《えど》時代とあまり変わらない方法で作物を育てていましたが、桃子たちは、科学的に農業に取り組んでいたのです。

「この稲穂《いなほ》の米粒《つぶ》、数えてみて」

「これも、これも、あの田んぼのより出来がいい！」

努力の甲斐《かい》があり、最初の年の稲《いね》はとても立派で、近隣《きんりん》のベテラン農家の稲よりも、一つの穂につく米粒の数が多く、粒も大きかったといいます。

大豆だってそうです。二人の大豆の収穫を覗《のぞ》きにきた農家のおじさんは、引き抜《ぬ》いた豆をみて驚《おどろ》きました。どれだけ貧弱な豆かと思いきや、自分のところより、ずっと立派な豆がびっしりとなっていたのですから。

桃子たちは、自分の手でものをつくり出せる感激にひたりました。そして、農家の人たちは、次第《しだい》に桃子たちを尊敬の目で見るようになっていきました。

二年目の夏には掘立小屋の横に新しい家が建ち、親戚《しんせき》に預けられていたときわの娘《むすめ》、節子や、姉の祐《ゆう》の息子《むすこ》、原田優《まさる》との同居も始まりました。一方で、これまでいた女性たちは、次々と入れ替《か》わっていきました。

問題は、県から視察が来るほどの成果を上げていても、生活には余裕《よゆう》がまったくできない、ということでした。

鶯沢での最初の二、三年については、どうして食べていけたのかわからないと、桃子は回想しています。とにかく朝から晩まで働き通し、できることは何でもやりました。肥料にするために糞尿《ふんにょう》の入った樽《たる》を担いで運び、牛を引き、村の嫁《よめ》入り前の娘さんたちに裁縫《さいほう》を教える。山でとれたグミや畑のかぼちゃも、麦などの食べ物と物々交《こう》換《かん》しました。しかし、米を宝石のように立派に実らせ、大根を見事に太らせても、借金は増えていくばかり。

「これで食べていけたらねえ」

立派に育った作物を前に、二人はため息をつくことが増えていきました。

そんな折、東京の藤田圭雄から、うれしい手紙が届きます。「ノンちゃん雲に乗る」の出版が決まったというのです。一九四七（昭和二二）年の秋のことでした。

桃子の心は浮《う》き立ちましたが、間もなく、それは落胆《らくたん》に変わりました。翌年二月に出た本を見ると、検閲《けんえつ》のため、文章が勝手に改変されていたのです。原稿料も一向に払《はら》ってもらえません。このときは本の反響《はんきょう》もほとんどありませんでした。

一九四六（昭和二一）年二月、国はインフレ対策として新円切替《きりかえ》を実行します。新紙幣《しへい》が発行され、これまでの紙幣は使うことができなくなりました。

桃子とときわが蓄《たくわ》えていたお金は紙切れ同然になり、二人はもはや――二人に限らず、多くの庶民《しょみん》が――一文無しも同じになりました。着物など、売れるものを少しずつ売りながら、なんとか食いつないでいく耐乏《たいぼう》生活が始まりました。

東京からの誘《さそ》い

終戦から二年がたち、東京は混乱の中にも活気を取り戻していました。出版業界も本格的に動き始め、子ども向けの良書を出そうという機運も高まっていました。

それなのに、桃子は東北の奥地《おくち》で沈黙《ちんもく》したままでした。

「どうしていつまでもそんなところにいるんです」

「いい加減に戻ってきたらどうですか。あなたにはやるべきことがあるでしょう」

旧知の編集者たちは桃子に復帰を促《うなが》します。しかし、どういうわけか、桃子は首を縦には振りませんでした。

だからといって、桃子が本の仕事をしなかったわけではなく、みなが寝静まった夜や、農作業ができない雨の日に、自分たちの山の生活をモチーフにしたお話「トムの教育（『山のトムさん』）」を書いたり、外国の児童文学の翻訳《ほんやく》をしたりしていました。戦争で途切《とぎ》れていたミラー夫人との文通も再開され、桃子のもとにはアメリカの児童文学の最新情報がとどいていました。一九四八（昭和二三）年の秋には、イギリスの作家ユウイングの『ティモジーの靴《くつ》』の翻訳が、中央公論社から刊行されてもいます。

しかし、二人の開墾生活は、もう、にっちもさっちもいかないところまで追いつめられていました。ときわも村の若い女性たちに和裁を教えて現金収入を得るべく奮闘《ふんとう》しましたが、生活は成り立たず、農業はお金にならないことを骨身にしみて知らされました。

「私たち、このまま田畑を耕していたのでは食べていけない」

どのように生計を立て直していくか、二人は夜ごと話し合いました。

「牛を飼おう。乳牛を飼って、酪農《らくのう》をしましょう」

農事研究会でデンマークの酪農の話を聞いてきたときわは、「これからは乳牛だ！」と熱くなっていました。その熱に当てられ、慎重派《しんちょう》の桃子も次第に気持ちが傾《かたむ》いていきました。

「わかった、乳牛を飼いましょう」

草地になりそうな丘《おか》もあるし、村には何千人も働く鉱山がある。牛乳の市場はあるはずだ。二人はそう考えたのでした。

牧場主になる

乳牛を買うためには、お金がいります。桃子はもう一度、『ノンちゃん雲に乗る』を出版できないかと考えました。お金が必要だったのはもちろんですが、自分の〝生命のいとなみの一つ〟とも思っているこの物語を、納得《なっとく》のいくかたちで世に出してあげたかったのでしょう。幸い、光文社の神吉《かんき》晴夫社長が引き受けてくれることになりました。桃子はその印税と、それまで飼っていた和牛を売ったお金を合わせて、一頭の乳牛を手に入れました。ただ、毎日七升《しょう》もの牛乳を出す優秀《ゆうしゅう》な乳牛を得たところで、すぐに生活が好転するわけではありません。牛乳を売ったお金は、高い飼料や肥料を買えば、あっという間になくなってしまうのです。

もう限界でした。

「狩野さん、私、東京に働きに出ようと思う」

人里離れた山の小屋で、ほとんど唯一《ゆいいつ》の話し相手である桃子がいなくなるのは、ときわにとっても寂《さび》しいことだったでしょう。桃子にしたって、畑仕事や牛飼いがいやになったわけではないのです。しかし、ふくらみ続ける借金を前に、ほかに打つ手はありませんでした。

一九四九(昭和二四)年、桃子は東京への〝出稼《でかせ》ぎ〟を決めました。戦争と農作業に追われている間に、桃子は四十二歳《さい》になっていました。

二重生活

宮城県鶯沢

一九五〇（昭和二五）年五月、桃子は岩波書店の嘱託《しょくたく》社員となり、「岩波少年文庫」の編集主任に就任しました。「岩波少年文庫」を企画《きかく》したのは、吉野《よしの》源三郎《げんざぶろう》と岩波書店重役の小林勇です。

「これを任せられる編集者は、石井桃子しかいない」

かつて「日本少国民文庫」で石井と働いたことのあった吉野はそう確信し、鶯沢にこもったままの桃子に、上京するよう説得を続けていたのです。牧場の経営に頭を悩《なや》ませていた桃子は、二人の熱心な頼《たの》みもあって、東京に出ることを決めたのでした。

桃子のほか、編集部員は女子大を出た

ばかりの中村佼子《こうこ》だけ。東京と鶯沢を行ったり来たりで不在がちの桃子に代わり（まだ新幹線などなかったので、東京から鶯沢までは、汽車と電車を乗り継《つ》ぎ、私鉄にも乗って、約十二時間かかりました）、佼子が資料集めや翻訳者との打ち合わせなどを担当しました。

当時の二人の二人三脚《きやく》ぶりは、こんな感じです。

佼子がアメリカン・ライブラリーに行って、子どもの本のカタログから、推薦《すいせん》本を意味する星印のついた作品名、著者名、概要《がいよう》を書き出す。コピーもない時代だったので、これだけでも数か月かかる仕事だったといいます。

そのリストから、桃子がいくつかの本をピックアップする。佼子はそれを丸善で買ったり、注文したりする。届いた原書を読むのは桃子の役目です。桃子はすべて自分で読み、これぞという本を選んでいきました。

「岩波少年文庫」の原則は、「世界の児童文学の古典を正しく伝えて、現代各国の児童文学の新鮮《しんせん》な傑作《けっさく》を紹介《しょうかい》して、在来の日本の翻訳児童書にあった杜撰《ずさん》さを改めて、正確で美しい日本語の決定訳を作ること」。

この志の高さと情熱、几帳面《きちょうめん》さ。なんとも桃子らしいではありませんか。しかし、それゆえ仕事はシビアなものでした。翻訳者から受け取った原稿を、そのまま印刷にまわすなどということは、もちろんありません。訳文と原文を見比べながら、一語一語、厳密に突《つ》き合わせては、桃子は赤ペンでチェックを入れていきました。真っ赤に染まった原稿を翻訳者に見せ、修正の方法を相談する。それをまた編集部で確認する。そのくり返しでした。

この年、朝鮮《ちようせん》半島では朝鮮戦争が始まっていました。いつまでも平和の訪れない世の中に、桃子は、子どもの本への思いを新たにしていたと思われます。お説教ではなく、お話を通じて、「こんな美しい世界もあるんだよ」と伝えていくこと。それは平和運動に発展していくかもしれないぐらい大切なことだと、桃子は考えていました。

桃子が自らの使命を感じながら編集した「岩波少年文庫」は、一九五〇(昭和二五)年一二月に創刊。創刊ラインナップは、『宝島』『あしながおじさん』『クリスマス・キャロル』『ふたりのロッテ』『小さい牛追い』の五冊です。

このうち、ノーベル賞作家クヌート・ハムズンの妻でもあるマリー・ハムズンの『小さい牛追い』は、桃子自身が訳しています。山の牧場で牛を飼いながら夏を過ごす、ノルウェーの四人兄弟の生活を描《えが》いたお話です。特に、続篇の『牛追いの冬』は

「ホーン・ブック」で知って手に入れ、自分たちの開墾生活とも重ねながら細々と訳していたもので、桃子にとって、ひときわ思い入れの強い作品でした。

東京でお金を稼ぎ、鶩沢では農業をするという桃子の二重生活は、こうして始まりました。

創刊後は編集部員も増えましたが、会社から一か月に二冊刊行というノルマを課されていたため、のんびりしている時間はありません。桃子も佼子も休日返上で働き続けました。普段《ふだん》の日も、退社後は家に仕事を持ち帰り、遅《おそ》くまでやって、朝も六時から起きて出勤前にひと仕事。終わったと思っても、すぐに次の本の準備が待っています。そのうえ、合間には何冊も原書を読んで収録する作品を選ばなければなりません。東京に滞在《たいざい》する日数はどんどん延びていきました。

時間に追われ、息つく暇《ひま》もなく東京で働く桃子のもとに、鶩沢のときわからは、次々と辛い便りが届きました。どうしたって問題は起こるのです。

「牛乳を個人売りしていたら、保健所につかまった」

「牛乳屋に売ることにしたけれど、勘定《かんじょう》を払ってくれない」

ときわも農業は素人《しろうと》です。一人で農事を切り盛りするのは、タフで積極的な性格とはいっても、さぞ不安だったことでしょう。牛乳を個人で売れないという法律がある以上、個人でやっていてもしかたがなく、結局、二人は周囲の酪農を営む村人たちに呼びかけて、協同組合をつくることにしました。

「ノンちゃん」ベストセラーに

一九五一（昭和二六）年、思いがけないことが起こります。光文社に託した『ノンちゃん雲に乗る』が第一回芸能選奨《せんしょう》文部大臣賞を受賞し、ベストセラーとなったのです。たいそうな賞にとまどいながらも、自分の創った物語が多くの人に楽しんでもらえた喜びを、桃子はかみしめました。同時に、まとまったお金が入ってきたことで、ようやく一息つけると安堵《あんど》もしたでしょう。

「鶯沢酪農協同組合」は、この年、『ノンちゃん雲に乗る』の印税をもとに発足。「ノンちゃん牛乳」の名前で売り出されました。桃子たちの牧場も「ノンちゃん牧場」と呼ばれるようになり、規模は田畑三ヘクタール、乳牛三頭にまで広がりました。

このころには、桃子が鶯沢で農作業をすることは、ほとんどなくなっていました。子どもの本をつくる仕事も、農業同様、片手間でできることではなかったのです。しかも、一九五三（昭和二八）年からは、より年少の子ども向けの「岩波の子どもの本」のシリーズも手がけるようになり、文字通り、目の回るような忙《いそが》しさでした。

桃子という賢《かしこ》い相棒のいないまま、村人たちをまとめ、事務的な作業も進めなくてはならなかったときわの苦労は、推して知るべしです。がっしりした体格のときわでしたが、このころは、重労働と気苦労でやせ細っていたといいます。

しかし、農家同士が手を取り合って酪農に取り組み、組織的に運営していった結果、当初、近隣に十頭しかいなかった牛は、数年後には二百頭にまで増えることになりました。一九五七（昭和三二）年には経営も黒字になっています。

それにしても、農業では生活できないことに気づきながら、そして東京に存分に腕《うで》をふるえる仕事をもっていながら、桃子がなお、農業で生きる道を探ろうとしたのはどうしてだったのでしょうか。これについては、多くの東京の友人がいぶかしく思っていました。「どうしてそこまでして農業をやるの？」という質問も、うんざりするほどくり返されたことでしょう。その頃、桃子はよく農村での生活をエッセイに書き残していますが、それは、そのような質問への答えでもあったのかもしれません。

「百姓という仕事は、たやすいことではない。働いても働いてもたべられない職業である、私たちは骨身にこたえて、それをさとった。けれども、物を生み出すということのたのしさもまたさとった」

「いくら能率時代になっても、一年の四季にかわりはない。秋のはじめ、夜あけにもぎってきて、大釜《おおがま》でゆでるトウモロコシは、昔にかわらずおいしくて、私は十本たべても、おなかをこわさない。牛のたいひのおかげでこの春は、イチゴがタマゴ大のができたが、それでつくったジャムは、どこの店の製品よりおいしい。『来年はうんとつくって東京の知りあいのあいだに売りだそうよ!』と、私は、朝食のパンにジャムをつけながら夢中になってしゃべりだす」

めぐる四季を実感しながら自分の手を動かし、自然のめぐみを受けながら、自分の生きるのに必要なものは自分でつくり出す。桃子の考える人間らしい生活が、贅沢にはありました。

一方で、人に言われるまでもなく、桃子自身が、東京で時間に追われて生きる自分と、鶯沢で牛の世話をして生きる自分のどちらが本当の自分なのか、自分はどちらをよいと思っているのか、という問いに直面していました。

「どちらも本当の私。この二つを一つにしなくては……」

桃子は迷い、あがいていました。

第六章　アメリカへ

アメリカへの誘《さそ》い

「好きなもの以外は手がけませんから」

これが桃子《ももこ》の口癖《くちぐせ》でした。もちろんそれは、桃子が一人よがりに仕事をしていたということではありません。お説教くさいものではなく、理屈《りくつ》抜《ぬ》きでその世界に入りこんで楽しめるもの。「この世には、美しくあたたかいものがある」という思いが根底に流れているもの。そんな本が桃子の「好きなもの」であり、そんな本を出していくという、やわらかな決意表明のようなものでした。そのようなお話のかたまりが「岩波少年文庫」であり、「岩波の子どもの本」だったわけです。

とはいえ、二つのシリーズの主任を務める責任は、並たいていのものではありません。仕事量はあまりにも多く、締切《しめきり》はあまりに早くやってきます。桃子は毎日、嵐《あらし》の中にいるようでした。

「もっとじっくりと、一冊一冊に向き合いたい」

桃子の中には、いつもそのような思いがわだかまっていました。「やりつくした」と思えるまで時間をかけられないこともストレスになっていました。

しかし、今の桃子の状況《じょうきょう》は、自分一人が生活できればよかった娘《むすめ》時代とは違《ちが》います。そのきゃしゃな肩《かた》には、自分の生活のほかに鶯沢《うぐいすざわ》の牧場の運営資金もかかっており、簡単にやめるわけにはいかなかったのです。

桃子は身も心も疲《つか》れ果てていました。仕事から帰り、そのまま夕食も食べずに寝込《ねこ》んでしまう日も増えていました。一方で、神経が高ぶって、いつまでも寝付けない夜を過ごすこともありました。

そんなときに現れたのが坂西志保です。

「あなた、アメリカへ一年、勉強に行ってみる気ありますか？」

坂西はアメリカで美学を学んで哲学の博士号を取得、その後、アメリカ議会図書館の日本部長などを務め、帰国後は外務省の嘱託《しょくたく》やＮＨＫの論説委員をしていた女性です。その彼女《かのじょ》が、突然《とつぜん》岩波書店を訪ねてきて、桃子にそう言ったのです。

アメリカには、世界中の研究者に奨学金《しょうがくきん》を出して国外研究の機会を与《あた》えているロックフェラー財団があります。坂西はロックフェラー財団が支援《しえん》する留学生の人選も担当しており、その気があるなら、ぜひ桃子を推薦《すいせん》したいというのです。

アメリカは児童文学に関する研究も活発に行われている、児童文学の〝本場〟でした。公共の児童図書館が社会に必須《ひっす》のものと考えられ、大都市から農村部まで設置されていることも、桃子はよく知っていました。そのアメリカで、児童図書館や出版社を実地に見て、キーパーソンに会い、最新の情報を学べる機会を与えてくれるというのです。

「このまま流されていくのではなく、子どもの文学というものについて、一度立ち止まって考えたい」

桃子はこの話を受けることにしました。

一九五四（昭和二九）年五月、アメリカ留学の準備のため、そして、自分を自由にするため、岩波書店を退職。ここで働いた四年間で、桃子は九十冊以上の「岩波少年文庫」と、十二冊の「岩波の子どもの本」を世に送り出しました。

なお、桃子はこの年の三月、『ノンちゃん雲に乗る』と「岩波少年文庫」の仕事により、第二回菊池寛賞を受賞。四月からは狩野《かの》ときわの娘、節子が大学進学のために上京し、荻窪《おぎくぼ》の家で同居を始めるなど、公私ともにあわただしい春となりました。

四十七歳《さい》の留学生

一九五四年八月、桃子は横浜《よこはま》港から船に乗り、アメリカに向けて出発しました。アメリカ西岸のサンフランシスコまで、約二週間の船旅です。

このとき、桃子は四十七歳。今でこそ五十歳でも若々しい人は多いですが、一九五〇年代、四十七歳という年齢《ねんれい》には、決して若いというイメージはありませんでした。たとえば、朝日新聞で「サザエさん」の連載《れんさい》が始まったのは一九五一年です。サザエの母親であるフネさんは、髪《かみ》を髷《まげ》に結い、着物を着ていて、おばあさんのようにも見えますが、実は五十歳ぐらいという設定なのです。写真で見る桃子はまるで少女のように可憐《かれん》で、フネさんとはまったく印象は違うのですが、いずれにしても、桃子が未知の世界に足を踏《ふ》み出したのは、そのような年齢のときのことだったということです。

このアメリカ留学のあと、桃子の人生は本格的に「児童文学者・石井《いしい》桃子」の方向に進んでいきます。新しい出発をするのに遅《おそ》すぎることはない、ということがよくわかります。

この時代に外国に行くということも、とても特別なことでした。この頃《ころ》の日本では、一般《いっぱん》人が自由に外国に行くことはできなかったのです。そもそも、GHQの占領《せんりょう》下にあった戦後の日本は、飛行機をもつことも許されていませんでした。国内線の営業が認められたのが一九五一年で、日本航空はこのとき誕生しました。国際線の営業が認められたのは、一九五四年二月。観光目的の海外旅行はまだ禁止されており、人びとが自由に海外に行けるようになるには、一九六四(昭和三九)年まで待たなくてはなりませんでした。

そのような時代に、友人のミラー夫人がいるとはいえ、単身でアメリカやカナダ、ヨーロッパ各国に向かい、一年間を過ごすのです。

数年来の激務の疲れもあり、桃子は出発前、自分はどうなるのか、一年も私がいなくてうちの猫《ねこ》はちゃんと生きていけるのだろうか、それに、日本そのものが自分がいない間にどうにかなってしまうのではないか……考えれば考えるほど不安がつのり、半分ノイローゼのようになっていました。

しかし、いざ船上の人となると、桃子はセンチメンタルな気分とは無縁《むえん》の自分を発見します。

「いく日たっても、涙《なみだ》はちっとも出てきませんでした。それは、まわりが、ぼうばくたる海で、ちっとも、遠くにきたという感じがおこらないのと、おかしなことに、私が、ホームシックを、日本をはなれる数ヵ月前に、すでにわずらってきてしまったからのように思えます」

桃子は心細がって泣いたりしない自分に、ほっとしました。これなら一年間、外国でやっていけそうだと感じたのでしょうか。桃子の気持ちはすでに、未来に向かっていました。

ペンフレンドに会う

アメリカ滞在《たいざい》中の桃子の視察プログラムは、これ以上ないほど充実《じゅうじつ》したものでした。

プログラムを組んでくれたのは、十五年来のペンフレンド、ミラー夫人です。ホーン・ブック社の社長のバーサ・マホニー・ミラーは、桃子のアメリカ留学を知ると大いに張り切り、アメリカ中の視察すべき図書館、会うべき経験豊富な図書館員、児童図書の出版社をピックアップし、紹介状《しょうかい》を書き、訪問する順番まで決めてくれたのです。

銀座の書店で見つけた雑誌「ホーン・ブック」の良書リストに感激したことから始まった二人の文通は、戦争中を除いて続き、今ではお互《たが》いを、児童文学について志を同じくする大切な友人だと思い合うようになっていました。

十三日の長旅を終え、船は無事にサンフランシスコに到着《とうちゃく》。桃子は旅の疲れをいやす間もなく、ミラー夫人の指示通り、翌日からアメリカ各地に視察に出かけていきました。バークレイ、ロサンゼルス、ミネアポリス、シカゴ……。寝台《しんだい》列車やＹＷＣＡクラスの宿に泊《と》まり、電車や地下鉄を乗り継《つ》ぎ、ときにはタクシーも使って、たった一人でスーツケースを持って歩く日々。大都市だけではなく、農村部にある図書館を訪ねることもありました。

行く先々でミラー夫人の手配したガイド役はついてくれましたが、翻訳《ほんやく》のプロであっても英会話が得意なわけではない桃子にとって、異国ですべて一人でこなさなければならない旅は、緊張《きんちょう》の連続だったでしょう。

　あわただしい一か月を経て、いよいよミラー夫人との対面の日がやってきました。ボストン近郊《きんこう》の駅で待っていると、きちっと被《かぶ》った帽子《ぼうし》の下からきれいな白髪《しらが》をのぞかせた、小柄《こがら》な老婦人がエレベーターから出てきて、ぶっきらぼうに言いました。

「失礼ですが、ミス・イシイでしょうか？　私、ホームの端《はし》から端まであなたをさがしたのですよ」

　そのまま二人はすぐにタクシーに乗り、ホーン・ブック社へ向かいました。この無造作な態度に桃子は少し驚《おどろ》いたようですが、ミラー夫人はどうやら、桃子との初対面が照れくさかったようなのです。桃子は、この人、ちょっと日本人みたいなところがあるなと、親しみを感じました。

　ミラー夫人の案内のもと、桃子は

留学中の桃子

二日間をボストンの図書館や出版社めぐり、そして多少の名所めぐりに費やします。

その後、ボストンから車で二時間の、ミラー夫人の住む町に向かいました。

「ミス・イシイ、これが私の夫よ。ウイリアム、この人がミス・イシイ」

「そうか、これがミス・イシイか。バーサは、この数か月、朝から晩まで、ミス・イシイ、ミス・イシイ、ミス・イシイしか言わなかったのだ」

そんなミラー氏に、桃子は思わず言いました。

「ミスター・ミラー、あなた、私にやきもちをやいていらっしゃるんですか？」

その場は、大きな笑いに包まれました。

ミラー夫妻に限らず、桃子はこの旅の間、児童文学の〝大物〟たちと会っては、すぐに打ち解けていきます。誠実で率直な性格に加え、ユーモアのある当意即妙《そくみょう》の受け答えも愛されたのに違いありません。

桃子はミラー家に約一か月間滞在し、「モモコ」「バーサ」と親しく呼び合うようになったころ、次の目的地、カナダに向けて出発しました。

児童図書館の開拓《かいたく》者たち

桃子は一年間の留学で、アメリカやカナダ、ヨーロッパの児童図書館、出版社を見学し、何十年も経験を重ねてきたベテラン図書館員や編集者と話をしています。この旅を通して、桃子はなにを見たのでしょうか。

アメリカではこのころ、すでに各地に公共の児童図書館が整備されていました。しかし、もちろん最初からそうだったわけではなく、児童文学の重要性を感じ、児童図書館の必要性を信じて、普及《ふきゅう》のために尽力《じんりょく》してきた人たちがいるわけです。桃子はそんな〝開拓者たち〟から、実行してきたこと、考えてきたことをつぶさに聞いています。

ミラー夫人はもともと、女子教育労働組合の秘書をしていました。本が好きだった彼女は、一九一六年、組合の仕事として子どもの本屋を始めることを提案し、実現。読書室のついたその店は大人気となり、彼女はときどき、おすすめ本のパンフレットをつくってお客様に配るようになりました。

それが数年後、『黄金の国』と『子どもの本の五年間』という二冊の大部の図書目録にまとまります。桃子が二十代前半のころ、銀座の書店で見つけて貪《むさぼ》り読んだのが、この本であり、パンフレットが発展してできたのが、桃子が愛読していた「ホーン・ブック」でした。ミラー夫人は児童文学の普及に力を尽《つ》くし、七十歳を超《こ》えてからもその出版社の社長として実務についていました。

そして、アメリカの公共図書館の児童部の歴史を切り拓《ひら》いたアン・キャロル・ムーア。彼女は公共図書館から児童部を独立させ、お話の部屋を用意し、子どもたちへの読み聞かせ活動を進めてきた人でした。コロンビア大学の図書館学校の設立も、ムーアさんの尽力で実現したものです。タフで好奇心《こうきしん》にあふれた彼女は、桃子が会ったとき八十三歳でしたが、まだ現役の批評家として活動しており、ストーリー・テラーとしてお話の会に出ることもありました。

「子どものための仕事は、威厳《いげん》をもってやりたいもんだ」

桃子がムーアさんから聞いた言葉です。ムーアさんの時代から一世代経たニューヨークの児童図書館の世界では、すでにシステムができあがり、組織的かつ事務的に仕事が進むようになっていました。ムーアさんにはそれが流れ作業に見えたのかもしれません。未来を担う人間を育てる仕事を、やっつけでしてはいけない、とムーアさんは考えていました。

やるべきことが見えてきた

クリスマスが近づくと、アメリカの図書館の児童室ではさまざまな行事を行いました。クリスマス・プレゼント用におすすめの本や、その年に評判をとった絵本の原画を展示したり、その一年で出た推薦本リストを発表したり。編集者や著者、他の図書館員を招いての講演会も行われました。

公共図書館の児童部が、別館として独立した活動をしているところも訪ねました。たとえばカナダのトロントの児童図書館は、「少年少女の家」というヴィクトリア朝の邸宅《ていたく》のような建物になっていました。

桃子は行く先々の現場で、図書館員や出版社の編集者の仕事ぶりを、直接見ることができました。桃子が児童室で夢中で本を読む子どもたちの姿を見ていると、子どもたちは桃子を図書館員だと思って、

「こういう本を探しているんだけど、どこにあるかしら?」

などと、話しかけてくることもありました。桃子もにわか図書館員になり、あたり

をつけて一緒《いっしょ》に探したりして、本を楽しむ子どもたちのいる場の空気を堪能《たんのう》しました。

このようにきちんと運営できるようになるまでには、図書館員たちの奮闘《ふんとう》があったことも、桃子は知りました。図書館法制定に向けて、長年、出版社や図書館が連帯して国へ働きかけていったことで、現在のような児童図書館ができたのです。

また、優《すぐ》れた児童図書が出版されるようになるまでの、図書館の役割にも気付きました。児童図書館は出た本を購入《こうにゅう》して、貸し出すだけの場ではありませんでした。図書館は作家、出版社、PTAなどと結びつき、よい創作活動を後押《お》しする役目をもっていました。そして、その結果出てきたよい本を購入することで出版事業を支え、それを子どもの手にとどける。そのような一連の役目を引き受けることで、子どもの本の質を高めるのに貢献《こうけん》してきたのが、児童図書館だったのです。

「日本にはまだ、国の保護政策も、児童図書館を普及させるしくみもない……」

さらに桃子は、ピッツバーグのカーネギー図書館学校で、三か月にわたる児童文学の集中講義も受け、それによって初めて、「英語で書かれた児童文学の発生を、社会文化史的に、また客観的に見る術《すべ》を学んだ」と振《ふ》り返っています。

桃子はこの留学で、日本の児童文学の世界に足りないものをはっきりと認識しました。

桃子はこれからの日本に必要なこと、自分がしなくてはいけないことが、かたちをとって見えてきたと感じました。

「おまえさんには、したいことがわかっているんだから、思うとおり、やったり、やったり」

ムーアさんがおしゃべりの途中《とちゅう》で言った言葉が、桃子の心の中によみがえりました。

第七章　子どもの図書館をつくりたい

子どもの本の勉強会

一九五五（昭和三〇）年九月、桃子《ももこ》は約一年の留学を終えて帰国しました。

欧米《おうべい》の公共図書館のサービスの充実《じゅうじつ》ぶりや、図書館員の高い見識、児童書の編集者たちの意欲を目の当《ま》たりにしてきた桃子の目には、日本の図書館や児童書をめぐる環境《かんきょう》は、あまりに貧弱に見えました。

アメリカからヨーロッパに児童書の視察に行った女性による、「アメリカから子ども図書館のない国々へ入ることは、暗い部屋へ入っていくようだ」という文章を読んだ桃子は、「早く日本でも、このまだ暗い、寒い部屋をあかるくしなければならない」と考え、すぐに行動を開始します。

まず、同志とともに、子どもと本についての勉強会をスタート。

「子どもの文学というと、小川未明《おがわみめい》や浜田広介《はまだひろすけ》ばかりが取り上げられるけれど、ほかにいい作家はいるんじゃないかしら。有名な作品を一つ一つ読んで、意見を出し合ってみましょう」

日本の子どもの本の現状を把握《はあく》して、問題点を分析《ぶんせき》しようというこの会に集まったメンバーは、桃子のほかに、「岩波の子どもの本」の編集部でともに働き、のちに児童文学作家になったいぬいとみこ、『三匹《さんびき》のやぎのがらがらどん』などで知られる名翻訳《ほんやく》者であり『児童百科事典』（平凡社）等の編集者、瀬田貞二《せたていじ》、サンケイ新聞社の鈴木晋一《すずきしんいち》、福音館《ふくいんかん》書店で『こどものとも』シリーズを創刊させたばかりの松居直《まついただし》。途《と》中《ちゅう》からはアメリカ留学から帰ってきた渡辺茂男《わたなべしげお》（『エルマーのぼうけん』『どろんこハリー』などの翻訳者）も加わりました。

毎月一、二回、荻窪《おぎくぼ》の桃子の家に集まり、桃子が朝から煮込《にこ》んだポトフに舌鼓《したつづみ》を打ちながら、楽しく、和《なご》やかに、会は進みましたが、そこで交わされる意見は、決して甘《あま》いものではありません。桃子はメンバーの耳にタコができるほど、「子どもの本は、目に見えるように書かなければなりません」と、くり返しました。

当時の日本でよく読まれていた、抽象《ちゅうしょう》的な言葉を羅列《られつ》して、なんとなく悲観的な気持ちにさせるだけのお話は、桃子には、子どもにふさわしいものだとは思えなかったのです。この会の活動は数年後に『子どもと文学』（中央公論社）という本にまとめられましたが、それまでの日本の作家たちに対して驚《おどろ》くほど厳しい言葉が並んでおり、児童文学界に大論争を巻き起こしました。

なお、この会では、のちに『ぐりとぐら』の作者として知られるようになる中川李《り》枝子《えこ》の作品が紹介されました。保育士だった中川は、子どもたちに聞かせるためのお話を自作しており、あるとき、いぬいとみこに手紙を書いたのがきっかけで、同人誌に「いやいやえん」を発表。それを桃子も気に入って、福音館書店からの出版が決まったという経緯《けいい》があります。桃子とは三十歳《さい》近く年が離《はな》れていましたが、挿絵《さしえ》を担当していた中川の妹、山脇百合子《やまわきゆりこ》とも、終生、親しい付き合いを続けました。

農村での読み聞かせ

桃子には、ほかにもやりたいことがありました。自分たちがいくら「こういう本がいい」と考えたところで、本当に子どもがそれを喜んでくれるのかわかりません。桃子は、留学中に見た、子どもたちが心から本を楽しんでいる様子が忘れられませんでした。そこで思いついたのが、子どもたちへの読み聞かせでした。

「子どもがどんな本をおもしろがるのか、自分の目で確かめたい。ふだん本を読む習慣のない子どもたちにも、本を読む楽しさを伝えられれば、なおさらいい」

そのような思いから、鶯沢《うぐいすざわ》の小学校に話をもちかけました。開墾《かいこん》から約十年、ゼロから立派な牧場をつくりあげた桃子たちは村の有名人でもあり、話はとんとん拍子《びょうし》に決まり、桃子は週一回、小学五年生のクラスで読み聞かせをすることになりました。

村の子どもたちの家には、一冊の本もないことは珍《めずら》しくありませんでした。おじいさん、おばあさんから昔ばなしを聞いたことがある子どもも、ほとんどいませんでした。そのような、お話と縁《えん》遠い子どもたちへの読み聞かせが、手探りで始まりました。

最初は絵本三冊から。だんだんと短編へと進み、子どもたちは次第《しだい》に、長編でも集中して聞いていられるようになりました。

読み聞かせを続けていくうち、桃子には、子どもたちがどんなお話に反応するか、どんな言葉ならすっと心に入っていくのかがつかめていきました。昔ばなしはどんな子でも集中して聞いてくれる。文語的ないいまわしや、かっこうをつけた文章が出てくると、こちらに向いていた子どもの心はすっと離れていく、というように。

「目で読む文章と耳で聞く文章は、やっぱりちがうんだ。子どものための文学は、どちらに重きを置くべきなんだろう」

考えるべきポイントが、はっきり見えてきました。

かつら文庫

子どもと本を同じ場所に置き、自分の目で、子どもが本と触《ふ》れ合っているところを見る。そこから考え始める――。鷺沢小学校での二年間の試みを通して、桃子はそれが、よい子どもの本をつくるために役立ちそうだと、手ごたえを感じていました。しかし、鷺沢で付き合いがあるのは五年生だけ。それが物足りません。

「本の置いてあるところに、いろんな年齢《ねんれい》の子どもたちが自由な気持ちでやってきて、本を読んだり、借りていったりするところを見たい。いっそ、自分でそういう場所をつくるしかない」

これが、桃子の結論でした。犬養家《いぬかいけ》の土蔵で開いた児童図書室「白林少年館図書室」から、ちょうど二十年後の一九五八(昭和三三)年、荻窪の自宅の一室を、児童図書室「かつら文庫」として開放することにしました。

日当たりのよい約十畳《じょう》の部屋に三五〇冊の本を置きました。桃子と同居していた狩《か》野《の》ときわの娘《むすめ》、節子はこのとき慶應義塾《けいおうぎじゆく》大学の図書館学科の学生で、初代「文庫のおねえさん」に任命されています。

オープンの一週間前には、庭先の垣根《かきね》にこんな立札を立てました。

「小学生のみなさん
　いらっしゃい
おはなしとスライドの会
　三月一日（土）二時から
来たい人は、なかにはいって
申しこんでください。
　　　　――かつら文庫――」

どのぐらいの子が来てくれるのかしらと、ドキドキしながらの一週間。約二十人の申し込《こ》みがあり、桃子の新しい試みが始まりました。

かつら文庫が開いているのは、土曜日は午後一時から五時まで、日曜日は朝九時から五時まで。貸し出した本が返ってこないと困るので、会員制をとりました。

来た子どもは受付のノートに名前を書き、本を読みながら思い思いに過ごします。そこでは大声で騒《さわ》ぐなどのルール違反《いはん》をしない限り、何を読もうが、どんなかっこうをして読もうが、そして庭で遊びまわったって、大人から余計な口出しをされることはありませんでした。

文庫のおねえさんが本を声に出して読み始めると、子どもたちはすっと寄ってきます。スライド上映やお話の会も行われたので、通ってくる子どもたちにとっては、とても楽しい場所でした。

オープン当初の試行錯誤《さくご》の時期は、折り紙やお絵かきもしていましたが、じきにそれはなくなりました。変わらず続いているのは、本を声に出して読んでやること。桃子たちには、本を読んでやることと、お話をすること、この二つが子どもを本に結びつける最良の方法だということが見えてきました。

子どもたちはそこで思い思いに本を読みますが、桃子も文庫のおねえさんも、一人

上 かつら文庫で子どもたちに本を読む桃子
下『ちいさいおうち』の作者バージニア・リー・バートンさん

一人、誰《だれ》がどんな本を読んでいるか、実はしっかりと把握していました。そして、「この子は、こんな本にも興味をもちそう」「そろそろ、もう少し漢字の多い本でも大《だい》丈夫《じょうぶ》では」などと思うと、押《お》しつけとは感じさせないよう、ひかえめにそんな本を勧《すす》め、子どもたちを新しい世界に導いていくのでした。

『ちいさいおうち』の作者バージニア・リー・バートンが来て、子どもたちの前で、ぐいぐいと『せいめいのれきし』に出てくる恐竜《きょうりゅう》の絵を描《えが》いてくれたこともありました。桃子と交流のあったバートンは、来日したとき、わざわざ、かつら文庫を訪ねてきてくれたのです。かつら文庫は、日常にとけこんでいながら、とても非日常的な、特別な空間でもありました。

真実で、だいたんな

実は、かつら文庫のオープンに先立つ半年前、桃子は、自宅に児童図書室を開設していた女性たち数人――土屋滋子《しげこ》、村岡《むらおか》花子、村岡みどり――とともに、「家庭文庫研究会」を結成しています。桃子はとにかく、志を同じくする人と集い、勉強し合うことが好きだったようです。

この会は、私設図書室を主宰《しゅさい》する数人の個人が集まったものにすぎません。しかし桃子には、「ここから、日本の子どもの本の世界を少しでもよくしていくことができるはず」という期待がありました。かつてアメリカの児童図書館員たちがしてきたようなことを、国がしないのならば、まず自分たちがしていかなければ。そのような使命感を感じていたのです。

アメリカで「セント・ニコラス」という子どもの雑誌を発行していたメアリ・ドッジは、「子どもの雑誌は、おとなの雑誌を水とミルクで割ったようなものではいけない。それどころか、おとなの読むものよりも、もっと真実で、だいたんな、そして、もっと非妥協《だきょう》的なものでなければいけない」と語っていました。桃子もまた、そうであるべきだと考えていました。

そのような「もっと真実で、だいたんな、そして、もっと非妥協的な」本、海外で見たような質の高い絵本を日本の子どもたちにも読んでほしい。そして出版社は、子どもの物語にとって大切なことを踏《ふ》まえ、子どもにきちんと伝わるお話を出してほしい。

桃子のその思いは「家庭文庫研究会」で共有され、子どもの本研究会のメンバー・松居直の率いる福音館書店を動かすことになります。「家庭文庫研究会」が海外の絵本の翻訳権の取得、翻訳、編集を担当し、福音館書店が製本と販売《はんばい》を受けもつ。福音館書店は、そのような変則的なやり方での出版を引き受けてくれました。そうやって刊行された『シナの五にんきょうだい』『100まんびきのねこ』をはじめとする、桃子が吟味《ぎんみ》した海外の絵本シリーズの出版は、福音館書店が出版社として大きく飛躍《ひやく》するきっかけとなりました。

ちなみに、桃子が考える「子どもの物語にとって大切なこと」とは、お話の出だしでシチュエーションがしっかり説明されているか、主人公ははっきり登場してくるか、主人公に加わる説明がこれから起こる事件の伏線《ふくせん》になっているか、なくしてもかまわない言葉でだらだらと飾《かざ》られず、言葉が一つ一つ、力強く積み重なっているか、ということでした。

桃子は読み聞かせやかつら文庫での経験から、単にセンチメンタルなものではなく、明快な状況《じょうきょう》設定のある緊密《きんみつ》に構築されたストーリーにこそ、子どもはぐいぐい引き込まれていくことを知っていたのです。

アメリカでみたような、図書館と出版社、読者である子どもとその親が結びつき、子どもの本の質を上げていく活動が、ようやく日本でも始まりました。

しかし桃子たちは、よい絵本が出版できたからといって満足してはいませんでした。家庭文庫はあくまで過渡《かと》的なもので、目指すは、公共図書館の児童図書室を普及《ふきゅう》させること。当時、児童図書室を備えた公共図書館は全体の三分の一しかなく、本と触れ合える場をもたない子どもたちも、まだまだ多かったのです。

「家庭文庫研究会」は、児童図書館研究会との合流により発展的に解消。のちに公的な組織「公益財団法人 東京子ども図書館」（東京都中野区）として発展していきます。このとき中心的な役割を果たしたのが、『くまのパディントン』シリーズの翻訳で知られる松岡享子《まつおかきょうこ》でした。かつら文庫はこの「東京子ども図書館」の分館として、今も同じ場所で、週に一回、子どもたちを迎《むか》えています。

「ナインチェ」だから「うさこちゃん」

児童文学作家として、翻訳家として、かつら文庫の主宰者として、桃子は多忙《たぼう》な日々を送っていました。一九六一（昭和三六）年には、二度目のアメリカ、ヨーロッパ旅行に出かけています。このときは船ではなく、飛行機での旅でした。桃子はアメリカ、カナダのほか、スウェーデン、デンマーク、オランダもまわり、デンマークではアンデルセンの生家も訪ねています。

オランダといえば、誰もが知る有名なキャラクターを生んだ国です。ディック・ブルーナの「うさこちゃん」。英語名の「ミッフィー」の名前で親しんでいる人も多いかもしれません。

『うさこちゃん』シリーズを〝発見〟したのは、福音館書店の松居直でした。松居はアムステルダムの図書館でこの絵本を見つけ、帰国後、すぐに桃子のところに来て、翻訳を依頼《いらい》しました。

くっきりした黒い輪郭《りんかく》線と、限られた数色だけの色で描かれた単純明快な絵、一ページに数行だけ並んだ、歌のような短い言葉。それらが掌《てのひら》にのるほどのサイズにおさまった絵本を見て、桃子は最初、ショックを受けました。

「こんな簡単なお話の、限られた文字数の中に、この絵の雰囲気《ふんいき》を入れなくてはいけないなんて」

原文に忠実でありながら、絵と文が一体となって、一つの雰囲気を醸《かも》し出すこと。絵本の翻訳はそうでなくてはと考えていた桃子は、ブルーナの絵本を見て、制約の大きさに身体《からだ》を縛《しば》り付けられたような気がしたといいます。

桃子はオランダ大使館に行き、英語もできる大使館員の夫人の協力を仰《あお》ぎました。英語で意味を教えてもらうだけではなく、オランダ語で何度も何度も発音してもらい、原文の音の雰囲気を身体の中にたたきこみました。

主人公の女の子の名前は、「ナインチェ・プラウス」。

「ナインチェ、ナインチェ……」

その音を頭のなかで響《ひび》かせ、口にのぼらせては、響きのよく合う日本語を探していきました。そうやって出てきた名前が「うさこちゃん」だったのです。一語一語おろそかにすることなく、また、できるだけ言語のイメージの通りに、桃子は日本語に置き換《か》えていきました。

おおきな　にわの　まんなかに
かわいい　いえが　ありました

ふわふわさんに　ふわおくさん
2ひきの　うさぎが　すんでます。

苦労の末にできあがった『うさこちゃん』シリーズは、一九六四（昭和三九）年、八冊同時に翻訳・刊行されました。赤ちゃんから大人までを魅了《みりょう》するこの絵本は、桃子の仕事の中で、最も広く知られているものの一つといえるでしょう。

日本の児童文学を率いて

一九六〇年代は、児童文学の勉強会や家庭文庫の会など、桃子が取り組んでいた活動が成果を出し始めた時代です。この頃《ころ》、桃子は、日本の児童文学界における〝最重要人物〟になっていた、といっても過言ではありません。

桃子は家庭文庫研究会を発展的に解消させて児童図書館研究会と合流させ、昔ばなしについての連続講演を行い、子どもの本のブックリスト『私たちの選んだ子どもの本』（石井桃子他者）を子どもの本研究会から刊行するなど、かつら文庫の運営のかたわら、さまざまな活動を精力的に行いました。

一九六五（昭和四〇）年には、創作童話『三月ひなのつき』で第三回国際アンデルセン賞国内賞を、責任編集した全三十巻の『国際児童文学賞全集』では第十三回サンケイ児童出版文化賞を受賞しています。『三月ひなのつき』はすぐに英語版の発売も決まっています。

文筆家としても多忙をきわめていた桃子でしたが、できあがった地平に安住するようなことはありませんでした。

一九六七（昭和四二）年、六十歳になった桃子は、アメリカの女性小説家、ウィラ・キャザーの評伝という、新しい分野の仕事に挑戦《ちょうせん》します。さらに一九七〇（昭和四五）年には、イギリスの児童文学作家エリナー・ファージョンの著作集の翻訳・刊行を始めました。桃子はあたたかいユーモアのあるファージョン作品を好み、編集主任を務めていた岩波少年文庫には「ムギと王さま」を収めています。

翌一九七一（昭和四六）年には、ビアトリクス・ポターの『ピーターラビット』シリーズの翻訳もスタート。同じイギリスの児童文学ですが、ミルンの『クマのプーさん』の世界には自然に入りこめ、すらすらと訳していけたのに対し、ポターの文章にはずいぶん手こずらされました。文章が複雑だというわけではありません。むしろ、ポターの文章は、ぎりぎりまで無駄《むだ》のそぎ落とされた単純なものだったために、かえって難しかったのです。

「『もみの木の下の a sandy bank に住んでいました』といっても……。sandy bank って、いったいどんな場所？　イギリス人は、この言葉からどんなイメージを思い浮《う》かべるの？」

その場所の様子を具体的に心に描けないまま、言葉の表面だけを訳すことに良心の呵責《かしやく》を感じた桃子は、ポターゆかりの地を自分の目で見るため、イギリスの湖水地方に旅行に出かけています。そこではポターの研究家に会い、わからなかった言葉について疑問をぶつけ、一言一言、自分の中でニュアンスをはっきりさせていく作業も行いました。

一九七一（昭和四六）年、家庭文庫の活動にも大きな動きが起こります。東京で活動していた四つの家庭文庫を母体に、「東京子ども図書館設立準備委員会」が立ち上がったのです。

「公共図書館ではないけれど、まずは自分たちで、ある程度の規模と、正しい選書の機能をもつ児童図書館をつくっていこう」

桃子は昔から、ないことを嘆《なげ》くだけではなく、「では、どうするか」を考え、実行する人でした。ここでも、その行動力は発揮されています。

このときに活躍《かつやく》したのが松岡享子です。神戸女学院大学の英文科で学んだ松岡は、卒業論文のテーマに「イギリスの児童文学史」を選んでいます。卒業後には慶應義塾大学の図書館学科に編入し、狩野節子の一年後輩《こうはい》になりました。図書館学科では子どもの本研究会のメンバーでもある渡辺茂男が教えており、その関係から、桃子と松岡は知り合うことになります。

松岡は天職を「子どもの本専門の図書館員」と思い定め、アメリカに児童図書館学を学ぶために留学もしています。アメリカの公共図書館で一年働き、帰国してからは大阪《おおさか》市立中央図書館の小中学生室に勤務しました。

このころから桃子は、年の離れた松岡を、児童文学の普及に尽力《じんりょく》する同志とみなし始めたようです。頻繁《ひんぱん》に手紙を交わす中で、二人は、子どもの図書館をつくることを共通の夢として思い描くようになりました。

桃子は子どもの図書館の設立を実現させるため、しきりに松岡に上京を勧めるようになります。その熱心さに打たれ、松岡は大阪から上京。都内で家庭文庫「松の実文庫」を主宰するようになりました。

そんなある日、彼女は、桃子に弁護士事務所につれて行かれます。桃子は東京子ども図書館設立のために、具体的に動き始めたのです。そして、間もなく中野区に東京子ども図書館設立準備委員会の事務所を設立。しばらくの間、松岡は、慣れない書類書きやお役所通いに明け暮れることになりました。

三年後、「東京子ども図書館」は財団法人の認可を受け、正式な法人として発足しました。桃子や家庭文庫を主宰する女性たちの思いが、また一つ、実を結びました。

第八章　もっと、その先へ

九十五歳《さい》になったら

『ぐりとぐら』の中川李枝子《りえこ》は、『いやいやえん』をきっかけに知り合って以来、桃《もも》子《こ》と親しい付き合いが続いていました。桃子が九十五歳のときのことです。家を訪ねた中川に、桃子は真面目《まじめ》な顔で切り出しました。

「中川さん、あなたに言っておきます」

何事かと身構える中川に、桃子は告げました。

「九十五歳になったらお気をつけなさい。私は九十まではなんともなかった。でも九十五になったら老いを感じるようになりました」

中川は驚《おどろ》きつつ、「先生らしい」と感心したといいます。

「九十まではなんともなかった」というのは、桃子の仕事ぶりを見る限り、大げさでもなんでもありません。サラリーマンなら、ほとんどの人が退職してのんびりと生活し始める年になっても、桃子は次々と新しい仕事に取り組んでいるのです。それは、七十歳になっても、八十歳になっても、九十歳になっても同じでした。

虚弱体質《きよじやく》は相変わらずで、体調はちょくちょく悪くなります。しかし、やりたいことをできる自分でいられるように、まめに医者通いをし、必要であれば薬を飲み、規則正しい生活をするなど、桃子は徹底《てってい》した自己管理をしていました。夏には暑さで体調を崩《くず》すので、夏の二か月は涼《すず》しい軽井沢《かるいざわ》で仕事をするようにもしていました。

出版社時代は不規則な生活を余儀《よぎ》なくされていましたが、会社を辞《や》めてからの桃子の日常生活は、判で押《お》したように規則正しいものでした。六時起床《きしょう》、七時に朝食、八時から仕事をして、正午に昼食。晩年には午後に少し昼寝《ひるね》をし、仕事を再開。午後三時にはお茶の時間、そしてまた仕事をして、六時に夕食。犬を飼っていたときは朝夕の犬の散歩も行い、軽井沢にいるときは、木の葉の色の変化を楽しんだり、木の実を探したりしながら散歩を楽しみました。

かつら文庫の二代目おねえさんとして、桃子と一年間ともに暮らした荒井《あらい》督子《とくこ》も、桃子の時計のような正確さに驚いています。寮《りょう》生活をしていたので規則正しい生活には慣れているけれど、それ以上の厳密さだった、と（『石井桃子展』世田谷文学館より）。

老境を迎《むか》えてからも、桃子はこのような規則正しい生活を送りながら、次々と新しい分野の仕事に挑戦《ちょうせん》しています。最終章では、晩年の――といっても、百一歳で亡《な》くなるまで三十年ありますが――仕事を通して、桃子が私たちに伝えたかったことを考えていこうと思います。

幼い日々と「本当の生活」

一九七七（昭和五二）年、桃子は七十歳になりました。たくさんいた兄姉も、みな亡くなりました。冬が近づいて、鈴《すず》なりになっていた柿《かき》の実が枝に一つだけ残されてしまったような、そんな寂《さび》しさを桃子は感じていました。そんなとき、突然《とつぜん》、家族と過ごした幼い日々のことが、心によみがえってきました。日常での他愛のない会話や、家族のしぐさ、習慣など、かつては当たり前のようにそこにあり、自分を包んでくれていたものが、スナップショットのように鮮《あざ》やかに浮《う》かんできたのです。

桃子は幼少期の想い出を綴《つづ》ったエッセイ『幼《おさな》ものがたり』を書き始めます。

一九七〇年代といえば、高度経済成長期を終えた直後です。スピードや効率が優先され、工場で同じようなものが大量生産され、大量に消費されていく時代。人びとは物質的な豊かさに憧《あこが》れ、まだ持っていないものを買うことに夢中になっていました。

そのような時代に桃子が描《えが》きとめたのは、それとはまったく違《ちが》う世界でした。季節の移り変わりの中で、もっとゆったりと流れていた時間や、自然に近いところで、地に足をしっかりつけていた人びとの生活でした。

東北で農業をしていた頃《ころ》、桃子は上京するたびに、東京が大きく変化していることに驚いていています。街並みはもちろん、女性の服装には色味が増し、お化粧《けしょう》は外国の女優のように派手になり……。戦前と変わらない風景の中で暮らしていた桃子には、それらが異様に見えたといいます。

「私は、東京の私たちが、日本のいままで経てきた生活からあまりへだたり、その文化から根をひっこぬかれた姿で生きているような気がしてしかたがない。(中略)そして、日本のもっていた美しいものを忘れないようにしようと思っている」

桃子がそう憂《うれ》えてから二十年、日本社会はますます欧米《おうべい》化し、仕事も生活も、より便利な方へ、人の手を使わない方へと進んでいました。

「人間の本当の生活って……」

そんなことを考えるとき、桃子の脳裏には、土にまみれ、汗《あせ》を流しながら働いている東北の農家の人びとの姿が浮かぶのでした。桃子が農業生活にこだわったのには、地に足のついた生活をし、自分の手でものを生み出すことへの敬意があったからではないかと思います。


桃子はまた、子どもたちの変化にも気づいてもいました。のびのびと遊ぶ場を奪《うば》われ、テレビや漫画《まんが》にかじりついているしかない子どもたち。お話を読み聞かせても、クライマックスであるはずの「苦労の末、やっとできた！」という瞬間《しゅんかん》に、子どもたちが反応しなくなったのです。

「以前の子どもたちなら、『ああ、よかった！』という顔をしてくれた。もしかして、今の子どもたちは、自分の手でつくりだし、達成感を得た経験を、あまりしていないのではないかしら」

子どもたちは、想像力を育む土台を失いかけている。それは、その土台をつくる家庭というものが、うまく機能しなくなっているからではないか。桃子にはそれが心配でしかたがありませんでした。自分の家族への愛惜《あいせき》の思いを記録した『幼ものがたり』には、親子が接する時間もとれないようなあわただしい社会に対する、ささやかな抵抗《ていこう》の気持ちもこめていたのかもしれません。

書いておかなければ

もう一つ、桃子には書いておかなければならないことがありました。戦争前に亡くなった小里《おり》文子のことです。文学を語り合い、ささいなことで笑い合えた親友。自分のその後の人生を支え、照らしてくれた文子という人間の人生を、どうにかしてかたちに残しておきたかったのです。

桃子は思い出の土地などへの取材旅行等をへて、一九八六（昭和六一）年、自伝的長編小説として執筆《しっぴつ》を開始します。七十九歳からの挑戦でした。この作品は六年後に、原稿《げんこう》用紙二千枚の「幻《まぼろし》の朱《あか》い実」として結実し、大幅《おおはば》な改稿の末、一九九四（平成六）年に出版されました。

主人公の明子には、桃子自身を投影《とうえい》しています。明子の人生を描いた小説ですが、主軸《しゆじく》は、明子と、文子をモデルにした大津蕗子《おおつふきこ》との濃密《のうみつ》な友情でした。会ってはおいしいものを食べ、服装や髪形《かみ》について情報交換《こうかん》し、おしゃべりして笑い転げ、手紙を何百通も交わし――。夏の一か月間、海辺の村に逗留《とうりゆう》してともに生活してもいます。これほどにお互《たが》いを強く求め合い、深く理解し合い、支え合っていたような関係は、熱愛中の男女であっても、めったにあるものではないでしょう。

石井《いしい》桃子のイメージといえば、生真面目《きまじめ》で几帳面《きちようめん》で、でも淡々《たんたん》とした、物腰《ものごし》のやわらかな明るい人、というものでした。しかしここでは、病気で早世した「大切な人」の姿をこの世にとどめておくために、一途《いちず》で情熱的な一面をさらけ出しています。

また、この小説で桃子は、自分の人生にあったかもしれないもう一つの道について考えをめぐらせたように思われます。

主人公、明子は、生涯《しようがい》独身だった桃子とは異なり、結婚《けつこん》して子どももうけています。明子は有能ぶりを上司に認められながら、結婚後は虚弱さもあって家事と仕事を両立できず、結局仕事を辞《や》めることになった、という設定です。恋愛《れんあい》結婚した男性は、優しいけれど、ややデリカシーに欠け、明子を密《ひそ》かにいらだたせます。明子はまた、家庭に束縛《そくばく》され、病床《びょうしょう》の蕗子に自由に会いに行けないことにも息苦しさを感じます。結婚願望はなかった桃子ですが、それでも長い人生のどこかでは、これでよかったのだろうかと考えることもあったのではないでしょうか。小説に描かれた明子の家庭生活は決して不幸ではありませんが、女性が自分のままでいることを制限された、少しきゅうくつなものでした。桃子は自分の分身に結婚生活を体験させ、「自由でいられないなら、やはり私はこれでよかった」と、自分を納得《なっとく》させたところもあったように感じられます。

晩年の桃子

そして、桃子がこの小説の最後で書いたのは、老いた明子が娘《むすめ》の葉子をともなって、新宿御苑《ぎょえん》に烏瓜《からすうり》を見にいくシーンでした。

その何十年も前、蕗子の家の庭先にぶらさがってい大きな赤い烏瓜の実が、明子と蕗子を出合わせたのでした。しかし、新宿御苑にあったのは、小粒《こつぶ》の黄色い実や、しなびかけた小さい実に過ぎませんでした。明子は、叫《さけ》ぶように葉子に言います。

「葉子、大津さんの烏瓜ね、この千倍も、万倍も美しかった！　千倍も万倍も！　こんなもんじゃないのよ。あなたに見せたかった、そういうものも、この世にあるんだってこと！」

そういう美しいものが、この世にある。桃子の人生の集大成ともいえる小説の最後を締《し》めくくるのは、この本の中で、何度となく書いてきた、その言葉でした。明子は、それを子どもに見せたいと激して語っているのです。桃子が人生を賭《か》けて何を追求してきたか、ここからはっきりわかると思います。

クラシック音楽を奏でるように

八十九歳のときには、『クマのプーさん』の作者、A・A・ミルンの自伝の翻訳《ほんやく》を志します。プーさんのお話のおもしろさの虜《とりこ》になり、なかなか作者にまで興味が向かなかった桃子でしたが、あるときから、この児童文学の傑作《けっさく》が誕生した背景を知りたい、どうしてこのようなお話が日本に生まれないのかを考えるヒントがほしい、という気持ちになってきました。そう思って読み始めたものの、苦労せずに読めたプーさんに対し、自伝はなぜか簡単にはいきません。言葉自体はわかるのに意味がとれない文章に、桃子は、これに自分一人で立ち向かうのは難しいと考えます。

そこで、日本に住んでいるアメリカ人の詩人アーサー・ビナードと、イギリス人の語学研究者アラン・ストークに、翻訳にあたっての指南を受けることになりました。一語一句をおろそかにしないのは、詩人も語学研究者も同じです。二人の前で桃子が原文を音読すると、変なアクセントのときや、一語抜《ぬ》かしてしまったときなどにピチッと訂正《ていせい》が入り、わからない言い回しについては、日本語に堪能《たんのう》なビナードから立板に水のごとく解説が加えられました。ストークはそれに対して、英語で時代背景などを踏《ふ》まえた補足を行います。

一語一語の奥に潜《ひそ》む意味合いを丹念《たんねん》にすくいあげていくレッスンに、桃子は「わたし、ようやく英語が少し、わかるようになってきた!」と喜んでいます。その成果は二〇〇三(平成一五)年、『ミルン自伝　今からでは遅《おそ》すぎる』として岩波書店から出版されました。

一字一句をおろそかにせず、納得できないことがあれば納得できるまで考える。そんな桃子は推敲《すいこう》の鬼《おに》でもありました。それまでに出版した多数の本は、重版するたびに、気になる箇所《かしょ》を徹底して修正していました。もちろんそれは気まぐれや思い付きではなく、「この言い方の方が、もっと子どもに伝わりやすい」「この表現の方が、今の時代に合っている」など、本をよりよいものにしていくための修正でした。

九十五歳のときには、ある出版社から「岩波の子どもの本」に抄訳《しょうやく》されていた『ピロードうさぎ』の完全版を出したい、という希望がとどきました。桃子はその申し出を受け、新たに訳しなおすことを提案。ここでも一語一語に対して真剣《しんけん》勝負が繰《く》り広げられました。

桃子は翻訳家の仕事を、何十年も技術を磨《みが》いて、自分の解釈《かいしゃく》した演奏を人に聴《き》いてもらうクラシックの演奏家にたとえています。

「私も、元の楽譜《がくふ》ができるだけいい演奏で再現されるように苦心しながら、一文ずつ訳していくんです。演奏家に似ていると思うんですね、翻訳って」

百一歳の大往生

桃子の〝演奏〟は続き、二〇〇六（平成一八）年には五十年以上も前に翻訳したエスティスの『百まいのきもの』を、『百まいのドレス』と改題・改訳しています。

九十歳を過ぎても『ミルン自伝』という難物に取り組んで見事な〝初演〟を果たし、その後も大胆《だいたん》な〝再演〟を手がけ続けた桃子。そのエネルギーの源泉は、いったいどのようなものだったのでしょうか。その根本にあったのは、なんといっても、「子どもによい本をとどけなくては」という使命感だったでしょう。

桃子は、本を読むことは「子どもにしてもらわなくてはならないこと」だと考えていました。現代社会で生きていくには、みなそれぞれが自分の意見をもち、それを述べ、人の考えも取り入れながら生きていくことが必要だからです。本を読むことで、そのような力は蓄《たくわ》えられ、きたえられていきます。

また、本を読み、そこからさまざまな意味や美しさ、楽しさをくみとることで、人の心は豊かになっていくとも、桃子は信じていました。

そのような使命感は、強い好奇心《こうきしん》に支えられていました。桃子は文学を一生の仕事にしましたが、興味の対象は文学だけにはとどまりません。自然科学やテクノロジーを含《ふく》め、なんにでも興味をもち、気になることがあれば、どんどんつっこんで調べていきました。

脳科学にも関心を寄せ、「自分の脳の様子を見てみたい」と、わざわざ病院でＣＴスキャンを撮《と》ったこともありました。戦後の日本の変化を嘆《なげ》いても、テクノロジー自体を否定することはなく、それによって見せてもらえる新しい世界には、いつでも心をときめかせていました。


精神は少女のようにみずみずしくても、肉体は次第《しだい》に衰《おとろ》えていきます。九十五歳で老いを感じ始めた桃子は、九十七歳になると健康面での不安も生じ、自宅から介護《かいご》付きの老人ホームに住まいを移しました。

二〇〇七（平成一九年）、桃子は百歳になりました。誕生日には桃子の部屋に友人たちが集まり、この日をお祝いしました。

上、桃子の書斎、下、かつら文庫

翌二〇〇八（平成二〇）年、日本の児童文学への持続的な貢献《こうけん》をたたえられ、朝日賞を受賞。体調が悪い中、授賞式では自ら壇上《だんじょう》に立ち、「時々の偶然《ぐうぜん》のえにしに導かれて今日まで歩み続けた」と、スピーチしています。

もちろんこのときも、桃子は、もっと先まで歩み続けるつもりでした。「ここまでやれば、もう十分」とか、「これ以上は自分にはできない」などということは、桃子は考えたことはなかったのです。

しかし、死は等しくどんな人間にも訪れます。その年の四月一日、朝食中に意識を失った桃子は、翌二日、静かに息を引きとり、百一年の生涯を終えました。

桃子のつくった本を読んで育った最初の子どもたちは、もう八十歳を超《こ》えました。しかし、桃子の本は今でも日本中の子どもたちに読まれ続け、心を育み、豊かな子どもも時代をつくる栄養となっています。

桃子の住んだ住居は東京子ども図書館に遺贈《いぞう》されました。かつら文庫はこれまでどおり同館の分館として開館しています。二〇一四（平成二六）年にはリニューアル・オープンし、桃子が暮らしていた居室や書斎《しょさい》、貴重な蔵書のある書庫や展示室も公開され、たくさんの愛すべき本を生みだした、桃子の息づかいを伝えています。

巻末エッセイ

石井桃子さんの言葉

中島京子

いま、机の上に、五冊の絵本を並べて、この文章を書いています。

私が人生で手にした、いちばん最初の自分の本は、ディック・ブルーナ　ぶん／え、いしいももこ　やくの、『ちいさなうさこちゃん』と『ふしぎなたまご』でした。私には三歳《さい》年上の姉がいるので、家にある子ども用の本はだいたい姉のものや、お下がりでしたが、この二冊は母が私だけのために買ってくれたものです。

その証拠《しょうこ》に、この真四角の判型《はんけい》の二冊の本の表紙を開くと、「なまえ」と印刷され、下線が引かれた箇所《かしょ》に、

「なかじま　きょうこ」

と、ひらがなで書いてあります。

私はこれが、うれしくて、うれしくて、しかたがなかった。

あまりにうれしかったので、あとから買ってもらった『うさこちゃんとうみ』『うさこちゃんとどうぶつえん』『ゆきのひのうさこちゃん』の三冊に、自分で名前を書きました。まだ字を習っていないころだったので、母の真似《まね》をして書いたのでしょう、なんとなく、「か」の字が「け」みたいだし、「ま」と「き」は鏡《かがみ》文字になっています。

「なけじま　きょうこ」

「ま」と「き」は、反対向き。

石井桃子《いしいももこ》さんの言葉を、初めて自分で抱《だ》きしめた瞬間《しゅんかん》のうれしさが、その文字に表れているような気がします。

まだ自分で読めなかったから、母や父に何度も何度も読んでもらいました。そのうち、当然のことながら、すべて暗記してしまいました。

『ふしぎなたまご』は、真っ白い卵が主人公です。いろいろな動物がやってきて、それは自分の卵だと主張するのです。しまいには猫《ねこ》までもが。

「ねこが　たまごを　うむものか。わらわせないで　くれたまえ」

白黒ブチの犬がそう主張する。このいばった口調が大好きで、大人《おとな》になったいまでも、誰《だれ》かが馬鹿《ばか》なことを言うと、

「わらわせないで　くれたまえ」

と、「で」と「く」の間に一拍《いっぱく》おいた口調で言いたくなります。

「おおきな　にわの　まんなかに　かわいい　いえが　ありました。ふわふわさんに　ふわおくさん　2ひきの　うさぎが　すんでます」

と始まる、『ちいさなうさこちゃん』の一ページ目も、いつまでたっても忘れません。少しぽっちゃりした、仲のよさそうなご夫妻などを見かけると、「ふわふわさんと　ふわおくさん」みたいな夫婦だなあと思うのです。


石井桃子さんの言葉は、このようにして、私の人生に登場し、入り込み、根づきました。もう少し大きくなってから、私の心を捕《とら》えたのは、A・A・ミルン作の『クマのプーさん』と『プー横丁にたった家』でした。いまでも、誰か親しい人が誕生日《たんじょうび》を迎《むか》えると、

「おたじゃうひ　おやわい　およわい」

と、祝ってあげたくなります。これは、ご存じのように、プーの友達のフクロが、イーヨーのために書いた「お誕生日御祝《おいわ》い」からの引用です。「ごよのあるしとひぱてください」と、すてきなおうちの扉に貼《は》り紙をしている、あのフクロです。


このように、プーと仲間たちが使っている言葉は、私の中にしっかり根を張ってしまっているため、蜂蜜《はちみつ》のことはしばしば「ハチミチ」と呼んでいますし、何かとても変な味のものを食べてしまったときは、トラーがコブタのドングリを食べてしまったときの口調で、

「くれーまずーい」

と言うことになるのです。

当然、プリムローズ（なんて花は見たこともありませんが）は、どこかで「見らりょと」咲《さ》いていることでしょう。

石井桃子さんの言葉は、私自身の言葉を作ったといっても過言ではありません。石井桃子さんの名文・名訳が私に与《あた》えた影響《えいきょう》は計り知れないのです。もう一つ、忘れてはならないのは、バージニア・リー・バートンの『ちいさいおうち』でしょう。この絵本も何度も読み、自分の作家としての骨肉を形成したというほどの存在になっている作品です。大人になって、作家になってから、私は『小さいおうち』という小説を書きましたが、これが石井桃子さん訳の『ちいさいおうち』へのオマージュになっていることは、言うまでもありません。

さて、大好きな絵本や児童書の翻訳《ほんやく》者、もしくは作家として、幼い私の前に登場した石井桃子さんは、これもまた大好きな、井伏鱒二《いぶせますじ》訳のドリトル先生シリーズの編集者でもありました。買ってもらうのがこれほど楽しみだったシリーズもない「岩波の子どもの本」や「岩波少年文庫」の企画《きかく》担当編集も彼女がしていたことを知ったのは、ずっとのちになってからでした。石井さんが荻窪《おぎくぼ》のご自宅に開いた「かつら文庫」のことも、大人になるまで知りませんでした。もちろん、たとえその存在を知っていたとしても、子どもの行動半径なんてしれたものですから、わざわざ「かつら文庫」まで本を借りに行ったりはしなかったでしょう。そのかわりに、私が育った郊外《こうがい》団地の集会所には、団地で子育てをしているお母さんたちが作った「文庫」があって、私は毎週土曜日になると、そこで本を借りて読んだものでした。そこで何回、石井桃子さんが訳されたり、書かれたりした本を借りたことでしょう。

集会所の床《ゆか》のリノリウムが、ひんやり冷たくて、夏はそこにぺたりと座りこんで、本を広げるのが好きでした。あんまりたくさんの子どもが読むのでボロボロになった背表紙をガムテープで修復した『こねこのぴっち』や『おそばのくきはなぜあかい』など、いまも懐《なつ》かしく思い出すことができるのを、ほんとうに幸せに思います。

石井桃子さんが亡《な》くなられたのは、なんと百一歳でした。すばらしい長寿《ちょうじゅ》。そして、亡くなる少し前まで、精力的にお仕事をされていました。すごいことだなあと思います。

石井さんは私たちの日本語の先生であっただけでなく、この上なくすてきな、働く女性としての大先輩《せんぱい》だったわけです。

石井さんの若いころの姿に、彼女《かのじょ》自身の文章で触《ふ》れたのは、『幻《まぼろし》の朱《あか》い実』という小説によってでした。石井さんが自分をモデルにして書いた小説で、三部構成になっています。

これは、第一部と第二部が昭和の初期を舞台《ぶたい》にしていて、石井さんの分身である明子という女性の成長物語であり、蕗子《ふきこ》という女性との交歓《こうかん》の物語でもあります。蕗子は第二部のおしまいで亡くなってしまうのですが、第三部は時を超えて五十年後が舞台になります。ある謎《なぞ》が、戦争をはさんだ半世紀のちに立ち現われ、解かれるという形になっているので、もし私の書いた『小さいおうち』という小説をお読みになれば、二つの小説の構造に似たところを感じられるかもしれません。

『幻の朱い実』には、女性の恋《こい》や結婚《けっこん》、この当時には珍《めずら》しかった、仕事を持つ女性の悩《なや》みなどが書かれています。当時の、最先端《さいせんたん》を行くモダンガールたちが、どんなふうに暮らしていたかを知る材料としても、とてもおもしろい作品です。子どもだった私にとっての石井桃子さんは、すっかり大人、というよりも中高年のイメージでしたが、小説の時間は、昭和の初めごろで、石井桃子さんとおぼしき明子さんがとても若く、さまざまな悩みを抱《かか》えていることに、驚《おどろ》きとくすぐったさのようなものを感じたのを思い出します。

時代背景は、満州《まんしゅう》事変の翌年である昭和七年、犬養毅《いぬかいつよし》首相が殺された五・一五事件の年から、四年後の昭和一一年、二・二六事件の年までの間になります。この翌年は昭和一二年で、これは盧溝橋《ろこうきょう》事件、つまり、日中戦争勃発《ぼっぱつ》の年ということになります。みなさんご存じのように、その四年後に真珠湾《しんじゅわん》攻撃、ようするに太平洋戦争が始まるわけです。こうして昭和の戦争史は、どんどん進んでいくわけですが、『幻の朱い実』に描《えが》かれるのは、軍靴《ぐんか》が列島を覆《おお》い尽《つ》くすほんの少し前の時代。それは、都市においては、人々が文化的な空気を享受《きょうじゅ》した、短い期間のことだったのかもしれません。職業婦人で独身の明子や蕗子が、牛肉を買ってきて、バターで焼いて食べるシーンなどが印象的で、あまりにおいしそうだったため、私はそれも『小さいおうち』の中に、こっそり入れ込んでしまいました。

本編の評伝をお読みになったみなさんは、とっくに知っていることですけれども、石井桃子さんにとって、この昭和初期という時代は、人生に大きく影響した時代だったと思います。石井さんの代表作である、『クマのプーさん』の原書と出会い、訳すことになるのも、『ノンちゃん雲に乗る』を書くのも、井伏鱒二訳の『ドリトル先生「アフリカ行き」』の初版が出るのも、じつはこの時期だというのも運命的です。犬養家のクリスマスツリーの下に、“The House at Pooh Corner”が置かれていて、クリスマス・イヴに招《まね》かれた石井さんがその場でどんどん訳して子どもたちに聞かせたという有名なエピソードは、石井さんご自身のエッセイで読んだことがあったのですが、これが昭和八年のこと、最初の『ドリトル先生』が出るのはまさに、太平洋戦争開戦の年である昭和一六年なので、あらためて歴史年表と照らし合わせて見ると、昭和という時代の複雑さや多様さも、浮《う》き彫《ぼ》りになってくるような気がします。

石井さんが、戦後の一時期、東北で農業をされていたと知ったときは、ずいぶんびっくりしたものでした。百一年生きた方は、いろいろなことをされているなあという素朴《そぼく》な驚きもあったけれど、時代の豊かさも貧しさも、危うさも、本当によく知った、聡明《そうめい》で意志的な一人の女性が、考え、考え、辿《たど》った里程標のひとつなのだな、とも感じました。この東北暮らしがなければ、その後の、戦後児童文学界を牽引《けんいん》した、私のよく知っている石井桃子さんは、なかったのだろうと思います。

いまも、大好きな本、何度も読み返す本について話してほしい、書いてほしいといった依《い》頼《らい》が、私のところにはしょっちゅう来るのですが、そんなときに挙げる本には、必ずと言っていいほど、石井さんが訳者として、著者として、あるいは紹介者《しょうかいしゃ》、編集者としてかかわった本が入っています。石井桃子さんという人がいなかったら、私はぜったいに、今日の私ではないのです。まず、本に興味を持ったかどうかわからないし、作家になってもいないのではないでしょうか。

クレヨンでいっぱいいたずらがきをして、「なけじま　きょうこ」と自分で書いた、「うさこちゃんシリーズ」を手にとりながら、私の読書が始まったその瞬間に、石井桃子さんの言葉があったことの幸福に思いを馳《は》せています。

なかじま・きょうこ
一九六四年東京都生まれ。出版社勤務、アメリカ留学、フリーライターを経て、二〇〇三年、田山花袋『蒲団』を下敷きにした小説『ＦＵＴＯＮ』でデビュー。高い評価を受け、野間文芸新人賞候補となる。以後、『イトウの恋』『均ちゃんの失踪』

『冠・婚・葬・祭』で吉川英治文学新人賞の候補となるなど、活躍。一〇年『小さいおうち』で直木賞受賞。一四年『妻が椎茸だったころ』で泉鏡花文学賞、一五年『長いお別れ』で中央公論文芸賞、『かたづの！』で柴田錬三郎賞を受賞。

〈年表〉

西暦	年齢	出来事
一九〇七（明治40）	0	三月一〇日、埼玉県北足立郡浦和町（現在のさいたま市）に生まれる。
一九一三（大正2）	6	埼玉県立女子師範附属小学校に入学。
一九一九（大正8）	12	埼玉県立浦和高等女学校（現在の浦和第一女子高等学校）に入学。
一九二四（大正13）	17	日本女子大学校英文学部に入学。
一九二七（昭和2）	20	菊池寛のもとで、海外の雑誌や小説を読んであらすじをまとめるアルバイトを始める。
一九二八（昭和3）	21	日本女子大学校を卒業。引き続き、菊池寛のもとでアルバイトを続ける。この頃、親友となる小里文子と知り合う。
一九二九（昭和4）	22	世界恐慌が起こる。 永井龍男のもとで雑誌「婦人サロン」の編集に従事。 内閣総理大臣・犬養毅の家の書庫整理を始める。
一九三〇（昭和5）	23	文藝春秋社に正社員として採用される。
一九三二（昭和7）		五・一五事件が起こり、犬養毅が暗殺される。
一九三三（昭和8）	26	文藝春秋社を退社。犬養家で『プー横丁にたった家』の原書に出会う。
一九三四（昭和9）	27	山本有三に誘われ、新潮社の『日本少国民文庫』の編集に参加。
一九三六（昭和11）	29	新潮社『日本少国民文庫』編集部解散。

一九三八（昭和13）	31	母が脳溢血で倒れる。看病に追われているうちに、小里文子が結核で亡くなる。児童図書室「白林少年館」を始める。
一九三九（昭和14）	32	母、逝去。荻窪で一人暮らしを始める。
一九四〇（昭和15）	33	出版社「白林少年館出版部」を友人二人と設立。『たのしい川邊』（グレーアム著、中野好夫訳）を出版。『熊のプーさん』が岩波書店から刊行される。
一九四一（昭和16）	34	白林少年館出版部から井伏鱒二訳の『ドリトル先生「アフリカ行き」』（ロフティング著）を刊行。父が逝去。太平洋戦争が始まる。
一九四二（昭和17）	35	『プー横丁にたった家』が岩波書店から刊行される。
一九四三（昭和18）	36	『ノンちゃん雲に乗る』のもととなる物語を書き始める。
一九四四（昭和19）	37	労働科学研究所で働き始め、真空管工場で働く女学生たちを率いていた狩野ときわと出会う。ときわの住む工場の寮に移り住む。
一九四五（昭和20）	38	農業を行うため、狩野ときわと宮城県栗原郡鶯沢町に移住する。八月十五日、終戦。『ノンちゃん雲に乗る』の原稿を完成させる。
一九四六（昭和21）		インフレ対策で新円切替が行われる。
一九四七（昭和22）	40	『ノンちゃん雲に乗る』が出版される。
一九五〇（昭和25）	43	農業では食べて行けず、岩波書店の嘱託社員となり「岩波少年文庫」の編集

責任者を務める。東京と鷲沢を往復する生活が始まる。

一九五一（昭和26）　44
『ノンちゃん雲に乗る』で第一回芸能選奨文部大臣賞を受賞。再刊され、ベストセラーになる。
その印税をもとに鷲沢で「鷲沢酪農協同組合」を発足させる。桃子自身が農作業に携わることは、ほとんどなくなった。

一九五三（昭和28）　46
「岩波の子どもの本」シリーズの編集主任も兼任し、多忙を極める。

一九五四（昭和29）　47
児童文学界における功績で、第二回菊池寛賞を受賞。
岩波書店を退職し、ロックフェラー財団の奨学金で1年間の欧米留学に出発する。アメリカでは文通を交わしていた「ホーン・ブック」創業者のミラー夫人ら、児童文学界のキーパーソンたちと会う。

一九五五（昭和30）　48
ピッツバーグの図書館学校で3か月の集中講義を受ける。ヨーロッパ視察を経て帰国。
「子どもの本の研究会」（のちのＩＳＵＭＩ会）をスタートさせる。

一九五六（昭和31）　49
鷲沢小学校の5年生を相手に、本の読み聞かせを始める。

一九五七（昭和32）　50
家庭文庫を主宰していた女性たちと「家庭文庫研究会」を発足させる。

一九五八（昭和33）　51
荻窪の自宅の一室で「かつら文庫」を開設。

一九六〇（昭和35）　53
ＩＳＵＭＩ会の活動をまとめた『子どもと文学』（共著）を出版。

一九六四（昭和39）　57
ディック・ブルーナの『ちいさなうさこちゃん』シリーズの翻訳を始める。

一九六七（昭和42）　60
『20世紀英米文学案内12　キャザー』を編集し、キャザー論も執筆。

一九七〇（昭和45）　63
『ファージョン作品集』の翻訳・刊行を始める。

一九七一（昭和46）	64	四つの家庭文庫を母体に「東京子ども図書館設立準備委員会」が発足。 ビアトリクス・ポターの『ピーターラビット』シリーズの刊行開始。
一九七四（昭和49）	67	東京子ども図書館が財団法人の認可を受ける。
一九七七（昭和52）	70	幼少期をつづった「幼ものがたり」の執筆・連載を開始。
一九八六（昭和61）	79	自伝的小説「幻の朱い実」の執筆を始める。
一九九三（平成5）	86	日本芸術院賞を受賞。
一九九四（平成6）	87	『幻の朱い実』を刊行。翌年、同書で読売文学賞を受賞。
一九九七（平成9）	90	日本芸術院会員になる。
二〇〇三（平成15）	96	A・A・ミルン自伝『今からでは遅すぎる』を翻訳・刊行。
二〇〇七（平成19）	100	100歳を迎える。書店や雑誌等で多数の石井桃子特集が組まれる。
二〇〇八（平成20）	101	２００７年度朝日賞を受賞。 四月二日、逝去。

本書の執筆にあたっては、次の書籍を参考にしました。もっと詳しく知りたい方は、これらの本も手に取ってみてください。きっと新しい発見を得られることでしょう。なお、中には刊行が古く書店で手に入らないような本もあります。その場合は図書館などをまわって探してみましょう。

『ひみつの王国　評伝石井桃子』尾崎真理子、新潮社、二〇一四年

石井桃子への膨大なインタビューや、これまで表に出たことのない友人あての書簡などをもとに書かれた、本格的な評伝です。それまであまり知られていなかった戦争中の石井桃子の仕事や、親友との交流の様子も詳細に描かれ、石井桃子の生涯の全体像をつかむことができます。

『石井桃子のことば』中川李枝子、松居直、松岡享子、若菜晃子ほか、新潮社、二〇一四年

石井桃子の著書などから印象的な言葉を集めた一冊。本人の言葉と、交流のあった人々のエッセイから、石井桃子の人柄や人生観が伝わってきます。生原稿や書斎などの撮り下ろし写真も多数収録され、石井桃子の息づかいを感じることができます。

『幼ものがたり』石井桃子、福音館書店、一九八一年

浦和の大家族の末っ子として過ごした子ども時代を、鮮やかに描きとめたエッセイです。明治時代末期から大正時代初期にかけての、家族や近所の人びとの姿、四季折々の自然の移り変わりなどが克明に記録され、石井桃子の感性を育んだ土台を知ることができます。

『家と庭と犬とねこ』石井桃子、河出書房新社、二〇一三年

自然の移り変わりや、何ということのない身辺の様子、戦後の農場での生活など、日々の暮らしの中のささやかな喜びや疑問を素直につづったエッセイ集です。

『プーと私』石井桃子、河出書房新社、二〇一四年

児童文学をテーマにしたエッセイを集めた一冊。『クマのプーさん』との出会いから、欧米留学で見た児童図書館の活動、『ちいさなうさこちゃん』『ピーターラビット』シリーズの翻訳をめぐる苦労まで、体験したこと、考えたことが生き生きと表されています。

石井桃子コレクションⅠ、Ⅱ『幻の朱い実』（上・下）石井桃子、岩波書店、二〇一五年

八十歳近くなってから執筆を始め、八年かけて完成させた自伝的小説。自身と小里文子をモデルにした二人の女性の深く激しい友情を主軸に、主人公の恋と結婚、仕事、親の介護と育児など、女性の生き方について問いかけてくる小説です。

（その他、参考資料）

『三月ひなのつき』石井桃子、福音館書店、一九六三年

『ノンちゃん雲に乗る』石井桃子、福音館書店、一九六七年

石井桃子コレクションⅢ『新編　子どもの図書館』石井桃子、岩波書店、二〇一五年

石井桃子コレクションⅣ『児童文学の旅』石井桃子、岩波書店、二〇一五年

石井桃子コレクションV『エッセイ集』 石井桃子、岩波書店、二〇一五年
『みがけば光る』 石井桃子、河出書房新社、二〇一三年
『新しいおとな』 石井桃子、河出書房新社、二〇一四年
『子どもと文学』 石井桃子、いぬいとみこ、鈴木晋一、瀬田貞二、松居直、渡辺茂男、中央公論社、一九六〇年
『クマのプーさん　プー横丁にたった家』 A・A・ミルン（石井桃子訳）、岩波書店、一九六二年
『ちいさなうさこちゃん』 ディック・ブルーナ（石井桃子訳）、福音館書店、一九六四年
『ピーターラビットのおはなし』 ビアトリクス・ポター（石井桃子訳）、福音館書店、一九七一年
『かつら文庫の50年—記念行事報告』 東京子ども図書館、二〇〇八年
「ユリイカ」 二〇〇七年七月号（特集：石井桃子　一〇〇年のおはなし）、青土社、二〇〇七年
「ユリイカ」 二〇〇四年一月号（特集：クマのプーさん ビター・スウィート）、青土社、二〇〇三年
「MOE」 二〇〇九年三月号（特集：石井桃子　子どもの本へのかぎりない愛）白泉社、二〇〇九年
「石井桃子展　図録」 世田谷文学館、二〇一〇年
「あの人に会いたい」 ＮＨＫ、二〇〇八年五月二十四日放映

写真提供
さいたま市立中央図書館（33頁、39頁）
その他は全て東京子ども図書館

設問1

桃子《ももこ》は小学時代に学級文庫を通して本の世界に没頭《ぼっとう》する楽しさを知りましたが、どういう楽しさだったのでしょうか。また本の世界にひたることの重要さを桃子はどのように考えていましたか。

設問2

戦後、農業では生活できないことを知りながら、そして、東京で他の仕事もできたのに、なぜ桃子は宮城《みやぎ》県の鶯沢《うぐいすざわ》で農業をすることにこだわったのですか。

設問3

アメリカ留学後、桃子は児童図書館の創設の必要性を強く感じつつも、国がやらないならば、まず自分たちがしなければと桃子はいろいろと研究を始めました。そのなかで、児童文学はどうあるべきだと考えていましたか。

設問作成　橋口丈志（清風学園）

ちくま評伝《ひょうでん》シリーズ〈ポルトレ〉

石井桃子　――児童文学《じどうぶんがく》の発展《はってん》に貢献《こうけん》した文学者《ぶんがくしゃ》

二〇一六年一月二十日　初版第一刷発行
二〇二五年五月二十日　初版第二刷発行

著　者　筑摩書房編集部
発行者　増田健史
発行所　株式会社筑摩書房
東京都台東区蔵前二―五―三　〒一一一―八七五五
電話番号　〇三―五六八七―二六〇一（代表）
印刷・製本　中央精版印刷株式会社

 ISBN978-4-480-76636-6 C0323

ちくま評伝シリーズ〈ポルトレ〉

第Ｉ期全15巻

・スティーブ・ジョブズ〈アップルをつくった天才〉実業家、アップル創業者
・長谷川町子〈「サザエさん」とともに歩んだ人生〉漫画家
・アルベルト・アインシュタイン〈相対性理論を生み出した科学者〉物理学者
・マーガレット・サッチャー〈「鉄の女」と言われた信念の政治家〉政治家、イギリス首相
・藤子・F・不二雄〈「ドラえもん」はこうして生まれた〉漫画家
・本田宗一郎〈ものづくり日本を世界に示した技術屋魂〉実業家、ホンダ創業者
・ネルソン・マンデラ〈アパルトヘイトを終焉させた英雄〉政治家、黒人解放運動家
・黒澤明〈日本映画の巨人〉映画監督
・レイチェル・カーソン〈『沈黙の春』で環境問題を訴えた生物学者〉生物学者、環境保護運動家
・ヘレン・ケラー〈行動する障害者、その波乱の人生〉社会福祉運動家
・ココ・シャネル〈20世紀ファッションの創造者〉デザイナー、実業家
・岡本太郎〈「芸術は爆発だ」。天才を育んだ家族の物語〉芸術家
・ワンガリ・マータイ〈「MOTTAINAI」で地球を救おう〉政治家、環境保護運動家
・安藤百福〈即席めんで食に革命をもたらした発明家〉実業家、日清食品創業者
・市川房枝〈女性解放運動から社会変革へ〉政治家、市民運動家